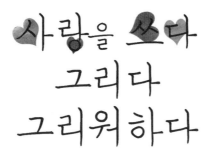

사랑을 쓰다
그리다
그리워하다

이상 · 이광수 · 김동인 외

루이앤휴잇

빛바랜 편지 속에 담긴
작가들의 삶과 희로애락

추위가 채 가시지 않은 3월 어느 날 밤, 남편은 일본 유학 중이던 아내에게 다음과 같은 편지를 띄운다.

"이렇게 혼자 건넛방에 앉아서 당신께 편지를 쓰는 것이 나의 유일한 행복이외다. …… (중략) …… 오늘 140원 부친 것 받았을 줄 믿소. 그리고 기뻐하셨기를 바라오. 그걸로 양복 지어 입고 40원으로는 3월 학비하시오. 여름에는 렌코트(레인코트) 같은 것이 있어야 할 터이니 모두 값을 적어 보내시오."

춘원 이광수는 훗날 한국 최초의 여의사가 된 허영숙과 재혼한 후, 아내가 공부를 더 하겠다며 일본 유학길에 오르자 학비는 물론 옷까지 살뜰히 챙겼다.

소설가 김동인이 아내에게 보낸 편지에는 아내가 집안을 비추는 해와 같다고 하여 '아내'를 '안해'라고 표기한 것이 눈에 띈다. 또한, 여기에는 그가 출판사에 갔다가 직원과 얘기를 나누던 중 천황을 욕했다고 하여 천황 불경죄라는 죄목으로 6개월 동안 수감되었을 당시 아이의 죽음을 애통해하고 아내의 건강을 걱정하는 내용이 고스란히 담겨 있다.

"남편을 옥중으로 보내고, 애아(愛兒, 사랑하는 어린 자식)를 저승으로 보낸 당신의 설움을 무엇으로 위로하리오. 참고 견딜 수밖에."

편지는 내면의 고백이다. 다시 말해, 편지는 글쓴이의 내면을 가장 직접 드러내는 거울과도 같다. 이 때문에 편지를 읽는다는 것은 그들의 가슴 속에 깊이 숨겨둔 '비밀'을 읽는 것과 같은 흥미와 감동을 준다.

이상, 이광수, 김동인, 박용철, 김영랑과 같은 우리 문학사의 내로라하는 작가들 역시 편지로 자신의 마음을 전했다. 그들이 쓴 편지를 보면 가족에 대한 애틋함과 사랑은 물론 상대에 대한 존경과 진심이 묻어 있음을 알 수 있다. 일례로, 춘원 이광수는 일곱 살 난 아들 봉근이 불의의 사고로 목숨을 잃자 일 년여에 걸쳐 그 슬픔을 기록하며, 자신이 아들에게 아무것도 해준 것 없는 부족한 아비였음을 고백하며 눈물을 흘렸다.

이처럼 작가들의 빛바랜 편지 속에는 삶과 희로애락은 물론 한 인간으로서의 본연적인 모습이 깃들어 있다. 그러다 보니 지금까지 작품으로는 알 수 없었던 그들의 인간적인 모습과 만날 수 있는 장점이 있다. 이 책이 그들에게 한 걸음 더 다가갈 수 있는 계기가 되길 바란다.

| **차례** |

2장 당신의 우정에 감사하오

3장 나는 지금 당신이라는 병을 앓고 있습니다

4장 좋은 글 많이 쓰길 바랍니다

1장 내 걱정은 조금도 하지 마오

아내 허영숙에게

이광수 | 일본 유학 중이던 아내 허영숙에게 보낸 편지

제8호

3월 17일 밤

이렇게 혼자 건넛방에 앉아서 당신께 편지를 쓰는 것이 나의 유일한 행복이외다.

오늘 11일에 부친 편지를 받았소. 이레 만에 왔습니다.

건강이 회복되지 못하여 병원에 못 간다니 심히 염려되며, 내가 첫 편지를 5일에 부쳤는데 그것이 11일까지 아니 갔다고 하면, 필시 중간에 무슨 잡간(검열?)이 있는 모양이외다. 제8호까지 누락 없이 다 받았노라고 자세히 회답하시오. 건강이 근심되어서 곧 전보를 놓으려고 하였으나 그러면 놀란다고 어머님이 말리셔서 못 놓았소. 이곳에 있는 사람들은 다 잘 지내니 안심하고 즐겁게 공부하시오.

오늘 140원 부친 것 받았을 줄 믿소. 그리고 기뻐하셨기를 바라오. 그걸로 양복 지어 입고 40원으로는 3월 학비 하시오.

나는 학교에서 참고서를 많이 사줘서 그것만으로도 몇 달 공부 거리는 될 것 같소.

모레부터는 아주 집을 헐어 역사(役事, 토목, 건축 따위의 공사)를 시작할 터이니, 약 40일간은 공부할 기회도 없을 것 같소. 그러니 내 책 걱정은 조금도 하지 말고, 애도 쓰지 말고, 아주 마음 터놓고(편하게) 지내시오.

5삭(朔, 월)부터 매달 학비를 60원 보내리다. 그리고 여름 양복값도 보낼 테니 얼마나 들지 회답해주시오. 공부하는 중이니 저금은 하지 않아도 좋소. 학비가 곧 저금이오. 여름에는 렌코트(레인코트) 같은 것이 있어야 할 터이니 모두 값을 적어 보내시오.

내 매달 수입은 분명히(정확히) 알 수는 없으나 학교에서 80원 또는 100원, 《개벽》에서 30원 또는 50원, 《신생활》에서 40원, 만일 《동명》이 나오면(확실히 나온다오) 거기서 80원 또는 100원은 될 것 같소. 가장 적게 잡더라도 150원은 될 것 같으니, 당신 학비와 내 책값, 담배값은 군색하지 않을 듯하오. 그러니 아무 걱정 말고, 안심하고 공부하길 바라오.

봄에는 금강산에 갈 수 없으니 아마 6월 그믐께나 가게 될 듯하오. 당신은 7월에나 돌아올 터이니……

《개벽》 3월호는 부쳤소. 3월호가 재판(再版, 이미 간행된 책을 다시 출판함)에 들어갔는데, 내 글이 호평이라고 하니 기뻐하시오!

《신생활》은 성태 군이 직접 부친다고 하오. 내 글을 떼어 모으는 직분을 게을리 마시오. 바요링(바이올린) 책과 모포는 곧 보내리다.

남편

-**1920년**

＊ 허영숙

춘원 이광수의 두 번째 부인. 공립 경성여고보(지금의 경기여고)를 거쳐 도쿄 여자 의학 전문학교를 나온 당대 최고의 엘리트 지식인. 국내 의사 면허를 받은 첫 번째 여성으로 국내 산부인과 1호 개업 의이기도 하다.

봉아의 추억

이광수 | 아들 봉근의 죽음을 슬퍼하며 쓴 편지

봉아(鳳兒)야!

네가 이 세상을 떠난 지도 벌써 나흘이 지났구나. 나는 아직도 문소리가 날 때마다 혹시나 네가 들어오는가 싶어 고개를 돌린다. 큰길가에서 전차와 자동차를 보고 서 있지는 않은지, 장난감 가게에서 갖고 싶은 장난감을 못 사서 시무룩하게 서 있지는 않은지, 대문간에 동네 아이들을 모아 놓고 딱지치기를 하고 있지는 않은지……. 금방이라도 네가 "엄마, 엄마, 엄마"하고 뛰어 들어올 것만 같구나.

하지만 나는 분명히 네 몸에 수의를 입히고, 네 말 없는 입에 쌀 세 알을 물리고, 너를 소나무 널로 짠 관에 넣고, 그 위에 '애아이봉근(愛兒李鳳根) 안식지처(安息之處)'라는 명정(銘旌, 죽은 사람의 관직과 성씨 등을 적은 글)을 내 손으로 직접 써서 미아리 묘지에 내다가 묻었다. 그러니 네가 "아빠, 아빠, 아빠"하고 뛰어들어올 리는 영원히 없을 것이다.

아아, 내 아들아! 너를 잃은 슬픔으로 어리석어진 이 아비는 아직도 네가 영원히 갔다고는 믿어지지 않는구나. 금방이라도 대문 밖에서 혹은 아랫방에서 혹은 건넌방에서 또 혹은 뒤꼍에서 "아빠, 아빠"하고 성큼성큼 뛰어나와서 내 어깨에 매달릴 것만 같구나.

아가! 네가 떠난 지 벌써 보름이 되었다. 아침 상머리에 네가 없음을 알고 아빠는 눈물이 쏟아졌다.

"이 슬픔을 품고 어떻게 살지?"

"동성(同姓, 일가친척) 할아버지도, 할머니도 아무도 낯을 아는 이가 없을 텐데, 외로운 혼이 어떻게 견딜꼬."

"만일 내가 죽어서 봉근이의 길동무가 된다면 곧 죽어도 좋으련만—"

"어젯밤 꿈에 봉근이가 나를 따라다니면서 운동회 구경을 가자고 하지 뭐예요."

네 엄마는 아직도 이런 소리를 중얼거리며 하염없이 울고 있다.

며칠 전에는 네가 다니던 유치원의 서은숙 선생이 전화를 걸어와 금년도 수업증서를 받는 너희 반 기념사진에 네 사진 하나를 넣어준다더구나. 나는 그 마음이 너무도 고마워 '고맙다'고 인사를 건넸다. 스무이틀에 있을 수업증서 수여식에는 이 아비 혼자 가서 네 대신 수업증서를 받아 오련다. 이런 슬픈 일도 다 있느냐?

엄마와 네 동생과 함께 네 산소를 찾아, 네가 좋아하던 딸기 아홉 개를 나무 상자에 담아 무덤 앞에 놓고 왔다. 아직도 네가 죽은 것 같지 않아 딸기를 가지고 가면 네가 기쁘게 먹을 것만 같았다. 아직 어린 네 동생은 네 무덤을 안으며 이렇게 말했다.

"언니, 나 왔소! 영근이 왔소! 얼른 일어나서 딸기 먹소!"

그 모습을 보던 네 엄마는 무덤의 흙을 손으로 파면서 또 울었고, 나 역시 네 동생을 안은 채 흐느껴야 했다.

그날 밤, 폭풍우가 불자 엄마는 잠을 이루지 못했다.

"비 오고, 바람 부는데…… 봉근아, 너는 어디를 나갔느냐? 감기라도 걸리면 어쩌려고."

아가! 오늘은 삼월 이십이 일이다. 네가 간 것이 이월 이십이 일 아니냐? 그러니 네가 간 지도 벌써 한 달이 되었구나.

오늘 아빠는 네가 다니던 이화 유치원에 가서 네 졸업 증서와 졸업 기념사진, 그리고 유치원에서 졸업생들에게 선물로 주는 공책 한 권을 받아왔다. 네가 좋아하던 서은숙 선생이 엄마와 아빠를 위로하기 위해서 직접 챙겨주신 것이다. 하지만 이런 것이 다 무슨 소용이란 말이냐? 이것을 가져다줄 네가 없는 데 말이다. 이것이 도리어 눈물이 되는구나. 만일 네 엄마에게 이것을 보이면 필시 이것을 안고 또 통곡할 것이 틀림없다. 그래서 나는 이 세 가지 기념물을 앞에 놓고 눈물을 머금은 채 어떻게 해야 할지 생각하고 있다.

그것을 가지고 네 무덤에 찾아가고 싶지만 가면 뭐하겠느냐? 한바탕 또 울 따름이지. 한 번 간 너는 돌아오지 않는 것을…….

오늘, 네 무덤에 세울 비석을 맞췄다. 높이가 두 자 가웃(수량을 나타내는 표현에 사용된 단위의 절반 정도 분량의 뜻을 더하는 접미사), 넓이가 한 자, 두께가 네 치, 화강석으로 대를 받치고 그 앞에 네 이름을 쓰고, 뒤에는 내가 지은 비문을 새길 것이다. 내가 글을 배워서 이런 것을 쓰게 될 줄 어찌 알았겠느냐?

하지만, 아가! 사람이란 아무 때라도 한 번은 죽는 법이다. 더욱이 조선의 세상이란 그리 살기 좋은 곳이 못 되니, 차라리 네가 엄마 아빠의 사랑과 슬픔 속에 간 것이 어쩌면 너를 위해서 좋은 것일 수도 있겠다는 생각이 든다.

하지만 이제 너를 꿈에서밖에 볼 수 없구나.

며칠 전 꿈에 잠을 깨니 네가 내 무릎 위에서 자고 있지 뭐냐. 네 생전에 여러 번 그랬던 모양으로 네 얼굴이 어쩌나 아름답게 빛나고 있던지,

"이게 우리 봉근인가? 그런데 하늘에 간 봉근이가 어떻게…… 그렇다면 영근인가?"

'설마'하며 나는 뒤를 돌아보았다. 마침 영근이는 제자리에서 자는 중이었다.

그때 들창으로 꽃잎이 함박눈처럼 펄펄 날아들어 와서 네 얼굴과 가슴 위에 내려앉았다.

아아, 꽃처럼 빛나는 아름다운 내 아들아!

나는 기뻐하면서도 네가 사라질까 봐, 그러면서도 네가 사라지기 전에 너를 그렇게도 보고 싶어 하는 엄마에게 한 번이라도 보이고 싶어서 들릴락 말락 한 소리로 네 엄마를 불렀다.

"여보, 우리 봉근이가 왔소. 봉근이가 왔단 말이오!"

"저, 저, 정말이요?"

하지만 네 엄마가 고개를 들었을 때는 너는 사라져 버리고 꽃바람만 펄펄 창안으로 날아들어 왔다.

아가! 네가 편안히 쉬고, 네 몸을 향해 처녀가 꽃을 뿌려서 공양한다는 것을 아빠에게 알린 것이냐? 그렇다면 정말 고마운 꿈, 아름다운 꿈, 슬픈 꿈이로구나.

너를 잃은 엄마의 슬픔은 아빠보다 몇 곱절은 더한 모양이다.

엄마는 네가 떠난 후 하루도 빠지지 않고 네 무덤을 안은 채 통곡한다.

"봉근아, 용서해라! 엄마가 잘못했다! 부디, 엄마를 용서해다오!"

엄마는 네 생전에 너를 때리고, 너를 구박한 것이 몹시 마음에 걸리는 모양이다. 그리고 너를 다치게 했던 집에 데리고 간 것 역시 자신의 잘못이라며 계속 네게 용서를 구하고 있다.

"내가 공연히 그 집에 애를 데리고 가서……."

이렇게 한탄하고 운다.

"그렇게 크게 다친 것을 알았더라면 병원으로 곧장 데리고 가서 소독해줄 것을……."

엄마는 너를 살리려고 세 번이나 피를 뽑아서 네 혈관에 넣었다. 그러나 네 번째 수혈 반응을 견디지 못한 너는 경련을 일으키고 말았다. 그리고 세 시간이 채 못 되어 눈을 감고 말았다.

엄마는 엄마의 피가 너를 죽였다며 슬피 운다.

"지금까지 잘 길러서 이제 학교에 보내려고 했더니 죽고 말았구나."

엄마는 아무리 울어도 쉽게 단념이 안 되는 모양이다.

"그 어린 것이 무서워서 어떻게 혼자 다니려나. 종로도 혼자서 나가지 못했는데……."

하고 네가 외로울 것을 생각하고는 또 운다.

눈이 오고, 비가 내리던 어느 날 밤, 엄마는 갑자기 문을 열면서 이렇게 말하며 울기도 했다.

"계순아, 큰아이 불러오너라. 비 오고 바람 부는데 감기 들겠다."

또 누가 대문이라도 흔들면,

"봉근이냐?"

하고는 문을 연다. 네가 어디 나가서 놀다가 "엄마!"하고 금방이라도 뛰어들어올 것만 같기 때문이다.

아가, 봉근아! 죽은 뒤에 너는 생명이 있느냐, 없느냐? 혹시 엄마가 걱정하는 것처럼 아는 사람 하나 없는 곳에서 외로이 헤매고 있는 것은 아니냐? 만일 그것이 아니라면 죽은 뒤는 편안하고, 광명하고, 자유롭고, 부족함이 없다고 꿈속에서라도 엄마에게 한 번쯤 와서 말해주려무나.

아가, 봉근아! 오늘은 네 무덤에 떼(흙이 붙어 있는 상태로 뿌리째 떠낸 잔디)를 입혔다. 삼 년만 지나면 이 떼가 어여쁜 금잔디가 된다고 한다. 내외 사성을 쌓아서 바람이 없고, 남향이 되어서 볕이 잘 드니, 네가 거기서 나와서 딱지를 치고 놀던지, 네가 좋아하는 그림을 그리고, 즐겨 부르던 노래를 부르고, 그렇게도 흥미 있어 하던 하늘을 바라보고 놀든지 하려무나.

엄마와 아빠가 결혼한 지 오 년이 넘도록 엄마는 아이를 갖지 못했다. 그 때문에 엄마는 늘 슬퍼하고 적막해 했다. 그러다가 엄마가 서른 살, 아빠가 서른다섯 살 되던 해 마침내 너를 잉태하게 되었다. 그때 우리의 기쁨은 말할 수 없이 컸다.

"이게 정말일까?"

엄마는 거의 매일 이 말을 되뇌었다.

네가 뱃속에서 놀기 시작할 때도 마찬가지였다.

"펄떡펄떡 뛰어요."

심한 입덧으로 인해 음식을 전혀 먹지 못해 비쩍 말랐을 때 네 엄마는 수없이 이 말을 하고는 기뻐하였다.

나는 홀로 생각해보았다. 이 죄 많은 몸이 새로 오시는 손님을 온전히 받을 자격이 과연 있는가. 좋은 아들이나 딸을 점지 받을 자격이 과연 있는가. 나처럼 죄 많은 사람은 차라리 어린 새 생명을 청하지 아니함이 옳지 않을까 하고 말이다. 하지만 비록 내가 이번 생에 아무리 죄가 크다고는 하지만, 내가 알기로는 내 조부와 아버지, 어머니는 다른 사람에게 그다지 악한 일을 행한 적이 없다. 그러니 그 덕으로나마 귀한 새 손님을 받아들일 수 있지 않을까, 라고 생각해보기도 했다.

네가 세상에 나올 날이 가까워질수록 엄마와 아빠의 기쁨과 황송함은 더 커져만 갔다. 하지만 그때 나마저 병들어 눕고 말았으니 엄마의 심정은 어땠겠나?

그에 반해, 나는 마음이 가뿐했다. 비록 내가 죽더라도 새로 태어나는 아기만 잘 자란다면 네 엄마에게 충분히 위로가 되고 의지가 될 수 있을 것으로 생각했기 때문이었다.

오월 삼십 일이자, 음력으로 사월 삼십 일 아침 일곱 시 반. 창경궁과 성균관 수풀에서 꾀꼬리가 수없이 울던 날 너는 이 세상에 나왔다.

거의 스물네 시간이나 난산의 진통을 겪은 네 엄마는 네 울음소리를 듣자 모든 괴로움을 잊어버린 채 오직 기쁨만을 느꼈다고 한다. 몸이 아파 누워 있던 나 역시 너를 기다리노라 긴장과 초조로 긴 밤을 새웠다. 그리고 네가 태어나자 모든 병이 다 사라진 것과 같은 기쁨에 네 외가와 친한 벗들에게 전화를 걸어 네가 태어났음을 알렸다. 엄마는 너를 보고 어찌나 흥분하였던지, 너만 보고, 너만 만지면서 사흘 동안 도무지 잠을 자지 않았다.

아가! 네가 첫 오줌을 누고, 첫 똥을 눌 때, 그 촉촉하게 젖은 기저귀가 어찌나 반갑고 소중하였는지는 오직 아는 사람만이 알 것이다.

나는 어디에다가 어떻게 감사할 바를 몰랐다. 예수교회 사람도 아니요, 불교 사람도 아니었기 때문이다. 우리 조상들은 아기가 나면 산신께 감사하는 재물을 드렸다. 예수교인은 하느님께, 불교도는 부처님께 감사의 기도를 올린 것이다. 그러나 나는 신앙을 잃은 사람으로서 어디에다 감사해야 할지 몰랐다. 그래서 조용히 "하느님, 하느님!" 하고 불렀을 뿐이다.

네가 온 날 나는 병세가 더욱 나빠져 의사로부터 절대 안정하라는 진단을 받았다. 산실에 가서 네 얼굴을 볼 수 있는 자유마저 잃은 것이다.

너를 그리워하는 마음이 간절하건만 너를 볼 수 없었다. 부정한 병자의 곁에 차마 너를 오게 할 수 없었기 때문이다. 그만큼 내 병세는 위중했다.

네가 태어나기 전, 나는 너를 위해 몇 개의 이름을 준비해두었다. 그러나 네가 태어나던 날, 네 눈초리가 위로 올라간 것을 보고 새 봉(鳳)자를 네 이름에 쓰기로 했다. 그 뒤에 네가 날 때 아침 햇볕이 명랑하던 것을 생각해 '일광(日光)'이라는 글자를 주었고, 네가 잉태되던 해에 뜰에 오동나무 하나가 났기로, 네 당호(堂號, 집의 이름에서 따온 그 주인의 호)를 오헌(梧軒)이라고 지었다.

그러나 아가! 너는 아빠의 선물인 당호를 써 보지도 못한 채 가고 말았구나.

"아빠, 하느님이 뭐 하시는 분이야?"

"하느님은 하늘에 계셔?"

그렇게도 알고 싶어 하던 그 의문을 이제는 아비인 나보다도 네가 먼저 알았겠구나.

봉아(鳳兒)야! 너는 이 아비에게 여러 가지 일을 물었다. 네가 보기에 이 아비는 이 세상에서 가장 잘 알고 또 거짓말 없이 믿을 만한 사람이었을 것이다. 또한 너는 이 아비를 퍽 착한 사람으로 믿었다고, 네 엄마가 눈물을 흘리면서 말해주었다.

그러나 내 아들아! 나는 그렇게 무엇을 많이 아는 사람도 못 될뿐더러 거짓이 없어 믿을 만한 사람도 못 되고, 더구나 착한 사람은 더더욱 아니다. 내가 성을 내면서 너를 때린 적이 여러 번 아니더냐? 네가 보는 앞에서 추태를 보인 것도 여러 번 있었다. 그럴 때마다 네가 슬프게 운 것은 세상에서 최고라고 믿었던 이 아비가 잘못한 것을 슬퍼하였음이리라.

너는 나를 무척 믿고, 따르고, 의지했다. 내 말이면 무조건 믿고, 약속하면 반드시 지켰다. 또 내가 매일 일터에서 돌아올 때면 기쁨을 감추지 않았다. 그건 나 역시 마찬가지였다. 하지만 나는 그것을 표현하는 방법을 몰랐다.

사랑하는 내 아들아! 이제야 내가 너를 매우 사랑하고 아꼈음을 말할 수 있게 되었구나. 부디, 이 못난 아비를 용서하거라.

봉근아! 이 아비는 열한 살에 부모를 여읜 후 사십여 년 동안 형제·자매·자녀는 막론하고 육친의 정을 전혀 모르고 살다가 너를 본 지 육 년 팔 개월 동안 비로소 혈족에 관한 정을 알게 되었다. 더욱이 너는 나를 매우 사랑하고, 따랐으며, 의지했다. 나는 사내라 비록 내색은 하지 않았지만 너를 친구처럼 믿고 사랑했다.

나는 내 몸이 깨끗하지 못함을 항상 두려워했다. 이에 네 입술에 내 입을 대어 본 일이 없었고, 너를 안을 때는 반드시 고개를 돌리고 나서야 숨을 쉬었다. 네 입술에 처음 입을 댄 것은 네가 마지막 숨을 쉬기 몇 시간 전이었다. 네 생명이 얼마 남지 않았음을 알았기 때문이다.

그때 나는 네게 이렇게 말했다.

"아빠다!"

그러자 너는 내 목소리를 알아듣고,

"응!"

하고 대답을 해주었다.

하지만 두 눈에 붕대가 감겨 있어서 나를 볼 수 없었다.

너는 마지막 순간까지 나를 찾았다고 했다. 내가 잠시 집에 다니러 갔을 때 너는 "아빠, 아빠"를 부르고, "왜 한번 더 나를 보지 않고 갔느냐?"며 계속 울었다고 했다. 나는 네 엄마의 전화를 받고 곧장 병원으로 달려와 불같이 뜨거워진 네 손을 잡고 이렇게 말했다.

"봉근아, 아빠 왔다."

그러자 너는 손을 들어서 네 눈을 싸맨 붕대를 풀려고 했다. 아빠의 얼굴을 마지막으로 한 번이라도 더 보고 싶어서였으리라. 하지만 나는 네 행동을 말릴 수밖에 없었다.

"봉근아, 붕대 풀면 안돼."

너는 두 손으로 내 손을 만지고는 내 입과 코, 눈, 귀, 머리와 목을 떨리는 손으로 만지작거렸다. 그러고는,

"허~"

하고 길게 한숨을 지었다. 그때, 네 눈에서는 응당 눈물이 났을 것이다. 의식의 마지막 순간까지 너는 아빠를 잊지 못하고 사랑하였구나.

세상에 대한 의식을 버리고 영원한 나라의 의식에 들어가는 문지방에서도 너는 이 아비를 생각하고 불렀을 것이다.

"아빠, 엄마랑 아주머니랑 다 두고, 나하고 함께 가."

혹시 네 마지막 말이 그 뜻은 아니냐?

나는 너 말고도 다른 아들도 있고, 딸도 있으며, 여러 가지 마음이 끌리

는 친구도 있고, 해야 할 일도 많다. 그러나 육 년 팔 개월의 짧은 일생을 가진 너로서는 마음을 잡아매고 사랑을 쏟을 곳이 엄마와 아빠뿐이 아니더냐?

그런데 너는 가고 말았구나, 봉근아!

네가 살았느냐? 너는 우리 집에서 가장 귀한 손님으로 육 년 팔 개월 동안 우리 곁에서 유숙(留宿, 남의 집에서 묵음)했다. 그러는 동안 우리는 너를 통해 더할 수 없는 기쁨을 맛보았다. 이에 육 년 팔 개월이 아닌 육만 팔천 년이라도 유숙시키고 싶은 반가운 손님이었다.

그러나 너는 무슨 인연으로 돈과 덕 모두 가난한 우리 집에서 육 년 팔 개월만 유숙하고 갔더냐? 엄마 아빠가 마지막으로 이 세상 숨을 쉴 때까지 네가 우리 곁에 있기를 바란 것은 우리가 어리석음이었더냐? 우리 욕심이 너무 외람된 것이었더냐?

만일 네가 우리 집을 떠나서 더 좋은 집에서 다시 태어났던지, 천당이란 곳이 있어서 거기에 갔다든지, 또는 극락이란 곳이 있어서 거기에 갔다든지, 어디나 네 생명이 남아 있고, 우리 집에 있을 때보다 더 행복할 수만 있다면 우리의 슬픔은 위로가 될 것이다.

다시 네가 네 동생으로 화하여 우리에게 오기를 바라는 마음도 있지만, 다시 생각해보면 지나간 육 년 팔 개월만 해도 어리석은 엄마와 아빠는 너를 때리고, 슬프게 하고, 병들게 한 것이 뼈저리게 후회가 된다. 그러니 이미 간 너를 다시 내 집으로 불러들이는 것은 차마 못 할 일인 듯싶다.

너를—그 어리고 약한 것을 때리던 내 손은 저주받을 것이다. 너를 슬프게 하고, 성나게 하는 말을 하던 내 입도 저주받을 것이며, 내가 편하기 위해 너를 귀찮게 생각하던 내 마음 역시 저주받을 것이다.

아가, 봉근아! 네 무덤을 안고, 네게 했던 모든 잘못을 뉘우치고 통곡하면 그 소리가 네 귀에 울리느냐?

만일 옳은 사람—죄 없는 사람이 죽어서 하늘에 오른다면 너는 반드시 하늘에 올랐을 것이다. 네게 무슨 죄가 있느냐? 육 년 팔 개월의 어린 것, 재산이라고는 크레용과 딱지, 몇 개의 장난감밖에 없는 네게 무슨 죄가 있단 말이냐? 개미 한 마리도 죽이기를 삼가던 착한 네가 무슨 죄가 있느냔 말이다. 예수의 말씀에도, 어린애와 같이 되지 않으면 하느님 나라에 들어갈 수 없다고 했으니, 너처럼 착한 아이가 하느님 나라에 들어가지 않으면 누가 그 나라에 들어갈 수 있단 말이냐?

아가, 봉근아! 너는 진실로 하느님 나라에 들어가 있느냐? 나는 목사에게 묻고, 스님에게 묻고, 만나는 사람 모두에게 묻는다. 사람이란 죽은 뒤에 생명이 있느냐고.

구세군 사령관 조세프 바아 소장이 맵 참모총장의 위문을 전하러 왔을 때, 그는 다음과 같은 말을 하며 나를 위로했다.

"사람이 죽은 뒤에도 반드시 생명이 있습니다. 그러니 당신 아들 역시 반드시 다시 태어날 것입니다. 지금 당신의 슬픔을 위로하는 길은 그 아들이 당신 집에서 하던 생활보다 더욱 좋은 환경에서 다시 태어나 행복한 생활을 할 것이라는 믿음을 갖는 것입니다."

하지만 나는, 내게는 그런 믿음이 없다고 했다. 그러자 바아 소장은 다시 이렇게 말했다.

"사후에 생명은 있습니다. 당신의 아들이 죽기 전 전날 맵 참모총장의 축복 기도를 받도록 한 것이 바로 하느님의 뜻입니다. 하느님께서 당신 아들의 집을 마련해놓으신 것을 믿습니다."

봉근아! 과연 그러하냐?

그렇지 않으면 무슨 인연으로 너라는 생명이 생겨서 우리와 함께 살다가 그 인연이 다 하매, 구름이 사라지듯, 안개가 사라지듯 스러지고 만 것이냐? 그리고 이제 빈 몸만이 무덤에 남아 흙과 물로 분해되기를 기다리고 있는 것이냐?

만일 그렇다면 이 슬픔은 더욱 견디기 어렵겠구나. 아빠도 죽고, 엄마도 죽어서 너와 같이 구름처럼, 안개처럼 사라질 때까지는 너를 잃은 슬픔을 잊을 수 없기 때문이다.

만일 전설이 말하는 바와 같이, 사람의 몸은 나고 죽고 하더라도 넋만은 전생 후생의 여러 생을 도는 것이라고 하면 과연 너를 어느 생에 다시 만날 수 있느냐?

세상의 모든 종교와 철학, 전설이 왜 있는지 이제 알았다. 사랑하던 이가 죽으면 그 견딜 수 없는 슬픔을 어떻게 해야 할까? 하는 것이 바로 모든 종교와 철학, 전설의 근본 문제임을 이제 알았다. 그러나 아가, 나는 그중에 어떤 것을 믿어야 옳으냐? 어느 것이든 나는 네가 살아 있다고 믿게 하는 것을 믿으려 한다.

네가 나서 백 일이 되는 것을 보지 못한 채 나는 병든 몸을 이끌고 집을 떠났다. 병든 내가 함께 있으면 네게 해로울 것 같았기 때문이다.

나는 황해도 안악 연등사 남암(南庵)에 방 하나를 잡고 그곳에 모신 관세음보살에게 네가 병 없이 잘 자라기를 빌고 또 빌었다. 하지만 내 병은 더욱 악화한 나머지 거동조차 잘못하게 되고 말았다.

그러던 어느 날 밤, 시월도 지나고 초겨울 궂은비가 내리던 날이었다. 네가 어떤 사람의 등에 업혀 와서 내 품에 안겼다. 그때 나는 얼마나 울었는지 모른다. 반갑기도 했지만, 그 어린 것을 데리고 온 네 엄마를 원망하는 마음이 훨씬 더 컸기 때문이다. 나는 부정한 몸에 차마 너를 안지는 못하고 바라보며 울 수밖에 없었다. 그래서 나는 몸에 있는 눈물이 다 말라 없어질 때까지 울었다.

너는 그때 태어난 지 네 달도 채 안 된 핏덩어리에 불과했다. 이에 낯선 사람이 우는 것을 이상한 눈으로 바라보더니 급기야 너 역시 울고 말았다. 아아, 깊은 밤, 깊은 산중 부자의 눈물의 대면—

봉근아! 그것은 내 일생에서 가장 큰 비극 중 하나였다.

너는 그때 기러기 소리 같은 소리를 지를 줄 알았다. 나중에 학이 우는 소리를 듣고서야 네가 그때 지르던 소리가 학의 소리임을 알게 되었다. 그때 네가 얼마나 사랑스럽던지! 얼마나 반갑던지! 네 눈이 어떻게 정기가 있고 맑던지! 네 소리가 어찌나 맑고 힘차던지!

하지만 나는 추위가 올 것을 염려해 네 엄마를 재촉했고, 결국 사흘 만에 네 엄마와 너를 쫓아 보내고 말았다.

바람 없고 볕 따뜻하던 날, 네가 남암 주지의 등에 업혀서 처네(어린아이를 업을 때 두르는 누비로 된 이불)를 펄렁거리며 가물가물 동구 밖으로 나가는 것을, 나는 아픈 몸을 이끌고 산국화가 많이 핀 등성이에 나와서 바라보았다. 어찌나 가슴이 아프고 눈물을 흘렸는지 모른다. 이에 마음속으로 빌고 또 빌었다.

"내 남은 목숨을 모두 저 아이에게 주시옵소서!"

그날 밤, 나는 비길 수 없는 슬픔으로 인해 결국 잠을 이루지 못했다. 하늘도 그런 내 마음을 알았던 것일까. 산 내(절의 구역 안)에는 폭풍우와 뇌성 · 벽력성이 일어났고, 급기야 큰 눈이 내려 내 방 창문을 때리기 시작했다. 이를 본 나는 너를 일찍 보낸 것을 기뻐해 마지않았다.

"아가, 우리 아기 잘 갔다. 따뜻하고 바람 없는 날 우리 아기 잘 갔다."

봉근아! 나는 네가 죽지 아니한 것을 믿는다. 다만, 네가 잠시 썼던 연약한 몸을 벗어버렸을 뿐, 그 영(靈)은 무시(無始, 시작을 알 수 없을 정도로 한없이 먼 과거, 곧 태초)에서 무종(無終, 끝이 없음)까지 살아 있음을 믿는다. 그리고 지나간 전생에도 너와 나는 부자로, 혹은 형제로, 혹은 친구로 여러 번 만났음을 믿으며, 다음 생에도 세세생생(世世生生, 불교에서 몇 번이고 다시 환생함을 이르는 말) 여러 곳에서 다양한 관계로 만날 것을 믿는다.

전생에 너는 틀림없이 내 은인이었으리라. 혹은 나를 가르치던 선생이었으리라.

네가 전생에 내게 미처 다 가르치지 못하고 간 인생의 이치를 너는 내게 가르치고 갔다. 너는 나를 예수께 소개하고 불타에게 소개했다.

네가 떠난 후 나는 《시편(詩篇)》을 읽고, 《금강경(金剛經)》과 《원각경(圓覺經)》과 《화엄경(華嚴經)》을 읽고, 사람이란 결코 죽지 않을뿐더러 죽지 못한다는 것을 배우고, 인과의 원리를 깨닫고, 변치 않을 인생관을 얻었다. 이에 네가 죽은 줄만 알고 한없이 슬퍼하던 마음을 돌려 진실로 너를 위해 비는 마음을 얻었다. 그립고 아쉬운 마음은 예전이나 지금이나 다름없지만, 너는 없어진 것이 아니요, 언제나 내 곁에 있을 것이라는 믿음을 나는 얻었다.

네 얼굴이 그만큼 아름답고, 네 정신작용이 그처럼 예민하고, 네가 그처럼 물욕에 염담(恬淡, 욕심이 없고 담백함)하고, 또 자비심이 있고, 하느님 · 부처님 문제에 늘 흥미를 갖고 있던 것을 보면, 네 바로 전생은 필시 상당한 수양을 갖췄던 사람임이 틀림없다. 하지만 네게는 때때로 불같은 진심(嗔心, 왈칵 성내는 마음)이 있었다.

그것은 나와 같았다. 사실 너와 나는 같은 점이 매우 많았다. 그래서인지 너는 나를 잘 따랐고 크게 의지했다. 특히 엄마보다도 나를 많이 따랐다. 하지만 나는 네게 인욕(忍辱, 어떤 모욕이나 박해에도 견디어 마음을 움직이지 아니함)의 본을 보여주지 못했다.

너는 팔 년을 사는 동안 내가 성내는 것, 내가 어리석은 것을 수없이 보고 갔다. 이것이 심히 가슴 아프다. 내가 네게 인욕 하나만 가르쳐주었던들, 너와 나의 인연은 더욱 깊어졌을 텐데 말이다.

부족하게나마 나는 네게 거짓이 나쁘다는 점과 다른 사람에게 인정을 베풀라는 것만은 확실히 보여주었다. 그러나 아아, 나는 선생으로 치면 지극히 나쁜 선생이었다.

네가 네 친구의 발길에 차여 죽은 것 역시 네 업보임을 나는 안다. 네 전생에 본래 마음은 착하지만, 그 진심 하나를 조복(調伏, 마음과 몸을 제어하여 악형을 제어함)하지 못했기 때문에, 아마 어떤 기회에 어떤 사람을 발길로 차서 죽였던 모양이다. 그 업보를 네가 받은 것이다. 또 너를 발길로 찬 아이가 엄마와 아빠의 친구 아들이요, 겸해서 내가 이름을 지어준 아이인 것을 보건대, 본래 친한 집 아이에다가 아마 어떤 기회에 네 발길에 차여서 죽을 때 너를 원망하는 마음을 품었던가 보다.

하지만 너는 이주야(二晝夜, 이틀 낮과 밤)를 앓는 동안에도, 정신이 맑을 때나 무의식중에도 너를 발로 찬 아이를 결코 원망한 적이 없었다. 오직 한번 의식이 없을 때 손으로 다친 곳을 가리키며 이렇게 말했다.

"여기를 다쳤어요."

그러면서도 너는 미소를 잃지 않았다. 그 목소리와 얼굴 역시 심히 평안하고 화평했다.

너는 분명 너를 발로 찬 아이를 털끝만큼도 원망하지 않은 듯하다. 이를 생각하면 나는 기쁘기 그지없다. 적어도 원혼(怨魂, 한 맺힌 귀신)은 되지 않을 것이니 말이다. 이 세상에 와서 아무런 악업도 짓지 않고 한 가지 업보(그것은 피할 수 없었다)만을 벗어 놓고 깨끗이 떠난 너는 반드시 전보다 훨씬 더 아름답고 많은 재주와 착함과 건강과 긴 수명을 가지고, 우리 집보다 훨씬 더 좋은 집에서 태어나 많은 사람들의 사랑과 우러름을 받을 것이다. 그리고 만일 네가 다시 내 집에 태어나지 않더라도 다시 무슨 관계로나 반갑게 만나서 네 전생에 맺었던 짧은 인연을 다시 이을 것으로 나는 믿는다. 그때 나는 너보다 사십여 세가 더 많으니, 아마 부자 관계가 아니면 사제 관계로 밖에 만날 수 없을 것이다. 이에 나는 좋은 아버지나 좋은 스승이 되기 위한 준비를 꾸준히 할 것이다.

"봉근아, 봉근아!"

어느 날 밤, 나는 서대문 옛집 앞에서 너를 애타게 불렀다.

"봉근아, 봉근아, 봉근아!"

너는 탐진치(貪嗔癡, 탐내고 성내고 어리석은 마음)를 끊고 불보살(佛菩薩, 부처와 보살)을 공양하여 보살행(菩薩行, 보살이 부처가 되려고 수행하는, 자기와 남을 이롭게 하는 원만한 행동)을 닦아 무상도(無上道, 더할 나위 없이 훌륭한 도. 곧 불도를 이름)를 일러 중생을 건지는 이가 되어라. 생사(生死) 간에 윤회하기를 끊어라.

집에 네 어미가 있고, 형과 두 명의 동생이 있으며, 또 한 명의 동생이 태어나기를 지금 기다리고 있다. 나는 그들을 먹여 살리기도 해야 하거니와 구하는 길 역시 찾지 않으면 안 된다. 나아가 나 자신이 일절 지(智)와 선방편(善方便, 선을 위한 적극적인 행동)을 배우고, 보현행(普賢行, 행을 닦으면 모든 행을 갖춘다는 화엄 원융의 묘행)을 닦아서 모범이 되지 않으면 그들을 이생에서 만난 보람이 없을 것이며, 그들에게 아무것도 대접하지 못할 것이다. 마치 너를 대접하지 못하고 보낸 것처럼 말이다. 이를 생각할 때마다 네게 미안하기 그지없다.

봉아제문(鳳兒祭文)

　사랑하는 아들 봉근아! 네가 지난해 이월 이십이 일 오후 육시(六時)에 이 세상을 떠난 지 한 해가 되었다. 네가 숨을 끊은 날 이 아비는 네 무덤에 와서 이렇게 네 넋을 부른다.

　네 몸이 이미 썩었으니, 그 몸에 네 넋이 없음을 알고 있건만, 네가 간 곳을 모르니, 네 무덤에서라도 이렇게 부를 수밖에 없구나.

　너는 이제 어디에 가 있느냐? 다른 별에 가서 하늘 사람으로 태어났느냐? 이 세상에서 다른 집 아들로 다시 태어났느냐? 아니면, 혹시 아직도 갈 곳을 찾지 못해 헤매고 있느냐?

　네 얼굴은 맑고 아름다웠으며, 마음 역시 맑고 어질었다. 이에 세상에 있는 동안 많은 사람으로부터 귀여움을 받았다. 그러니 필시 네 전생에 좋은 뿌리를 심은 것이매, 내 아들로 태어났을 때보다 훨씬 더 좋은 곳으로 갔을 것이다. 하지만 내가 사십 평생 가장 사랑하던 사람이요, 벗이었던 너를 여의매, 내 슬픔은 끊일 줄 모른다.

　네가 내 무릎 위에 있는 동안 나는 네게 좋은 것을 하나도 해주지 못하고 도리어 좋지 못한 꼴만 보이고 말았다. 내 어찌 네 마음을 늘 기쁘게 못하였던고? 내 어찌 네 눈에 거룩하고 높고 깨끗하고 자비로운 사람이 되지 못하였던고? 네가 하느님을 묻고, 부처님을 묻고, 착한 사람은 어찌하여 착하며, 악한 사람은 어찌하여 악한가를 묻고, 사람이 죽으면 어찌 되는가를 물을 때 네게 대답할 지혜를 어찌 갖지 못하였던고? 그 많은 병을 앓고, 그 많은 매를 맞고, 그 많은 비위에 거슬림을 받게 했던고?

그러나 사랑하는 내 아들아! 나는 너를 바른길로 인도하지 못하였지만, 너는 죽음의 방편으로 내게 바른 길을 지시하였다. 네가 가는 것을 보고, 나는 지금까지 나의 잘못된 생각을 버리고, 바른길을 찾기로 하였다. 나는 천만 번 나고 죽어 지옥 아귀의 고생을 하더라도 높고 바른길을 찾아 잘못 사는 무리를 구하리라는 큰바람을 세웠다.

사랑하는 내 아들아! 나는 너를 다시 만날 것을 믿는다. 너와 함께 높은 길을 닦아 괴로움에 허덕이는 모든 무리를 구하는 일을 함께할 날이 있을 것을 믿는다. 그러므로 나는 이제 내 슬픔을 죽이련다. 그러니 너도 이제 네 슬픔을 죽여라! 네 마음에 박힌 모든 번뇌를 다 살라 버리고 높은 길 닦기에 힘써라. 그리고 다시 태어날 곳을 찾거든 돈 많은 집이나 세력 많은 집이 아닌 어진 마음을 갖고 어진 일을 하기를 힘쓰는 집을 찾아라.

사랑하는 내 아들 봉근아! 네가 일곱 해 동안 아비라고 부르던 좋지 못한 아비였던 나는 오늘 네가 생전에 좋아하던 우유와 과자, 사이다, 포도주를 가지고 네 무덤 앞에 와서 너를 이렇게 애타게 부른다.

아아, 봉근아! 사랑하는 내 아들아! 이 아비의 정성을 받아라.

– 1935년

◆ 이봉근

춘원 이광수와 두 번째 아내 허영숙 사이에서 태어난 큰 아들. 하지만 춘원이 43세이던 1934년 불의의 사고로 인해 죽고 말았다. 이에 춘원은 큰 충격을 받았고, 일년 여에 걸쳐 아들에게 보내는 편지 글 형식으로 이 글을 썼다.

사랑하는 안해에게

김동인 | 감옥에서 부인 김경애에게 보낸 편지

남편을 옥중(獄中, 감옥의 안)으로 보내고, 애아(愛兒, 사랑하는 어린 자식)를 저승으로 보낸 당신의 설움을 무엇으로 위로하리오. 참고 견딜 수밖에.

이 편지를 받고 곧 면회를 와주시오.

지난번에는 당신이 너무 울었기 때문에 긴(緊, 꼭 필요함)한 부탁 하나도 하지 못했소. 원칙적으로는 면회가 한 달에 한 번이지만 긴한 사정이 있으면 또 할 수 있소.

이곳으로 보내는 당신의 편지가 검열(檢閱, 언론·출판·보도·연극·영화·우편물 따위의 내용을 사전에 심사하여 그 발표를 통제하는 일)하기에 너무 길다고 주의시키니, 앞으로는 좀 더 짧게 쓰도록 하오.

아무쪼록 스스로 애써 위로하도록 하오.

나는 건강하오. 단, 체중이 16관 800(60.8kg)이던 것이 꼭 16관(60kg)

으로 내렸소.

남편 씀

시내 행촌동 210-96
김경애 전
현저동 101 동인

- 1942년

* '천황모독죄'로 감옥에 갇혔던 1942년 재혼한 아내 김경애에게 보낸 편지

사랑을 쓰다
그리다
그리워하다

어린 두 딸에게

김남천 | 어린 나이에 엄마를 잃은 두 딸에게 쓴 편지

아무것도 알지 못하는 너희들을 향해 펜을 들게 된 아빠의 마음을 너희들이 알려면 아마 적어도 십 년 내지 십오 년 이상은 걸릴 것이다.

십 년, 십오 년 후에야 너희들이 볼 수 있고 이해할 수 있을 이 글을 아빠가 이렇게 이르게 쓰게 될 줄은 나는 물론 엄마를 사랑했던 사람들 역시 미처 생각하지 못했던 일이다.

그것은 너무도 큰 괴변이자 너무도 커다란 역참(逆慘, 참변)이었다. 따라서 아무리 철이 없고 엄마 아빠를 분간조차 못 하는 너희들이라도 이 괴변과 역참을 생각한다면 단풍잎 같은 두 손은 스스로 맺히는 이슬방울을 닦기 위해 두 눈을 한없이 문지르고 있을 것이라고 나는 생각한다.

엄마는 이십삼 년이라는 짧은 삶을 살고, 스물네 살이 되자마자 나와 어린 너희들을 남겨둔 채 사색(思索)과 감각(感覺)하기를 영원히 끊어버리고 말았다. 이 사실을 너희들이 이해하게 되는 날이 온다면 그때는 아마 이 펜을 잡고 있는 아빠의 모든 슬픔과 사정 역시 이해할 수 있을 것이다.

그러나 그것이 십 년 후이랴, 십오 년 후이랴! 물론 너희들이 이 글을 보기까지는 십 년도 채 안 걸릴 수도 있다. 그러나 너희들이 이 글을 완전히 이해하기까지는 십 년이 걸릴지 이십 년이 걸릴지 알 수 없다. 이 글을 이해하기 위해 너희들은 비상한 정서(情緖)의 힘을 갖지 않으면 안 될지도 모른다. 나아가 비상하고 날카로운 이해의 힘을 갖지 않으면 안 될지도 모른다. 혹은 그때는 이미 완전히 과거의 것이 되어버린 낡고 완고한 나의 사상을 이해하는 대신 조소와 경멸을 하면서 이 글을 볼 수도 있다.

그러나 이러한 모든 것은 새로운 시대에 살고 있을 너희들의 마음의 문제이며, 너희들이 나의 사상을 여하히(의견 · 성질 · 형편 · 상태 따위가 어찌 되어 있게) 평가하고 이해한다고 해도 그것은 너희들의 자유다.

오직 나는 낡고 완고해진 나의 사상과 엄마의 교훈과 너희들에게 대한 우리의 사랑을 정당하게 너희들이 소화하는 데 의하여 그것이 조금이라도 너희들을 생각과 완성으로 이끄는 정신적인 영양(營養)이 될 수 있을지도 모른다는 생각에 이 글을 쓰고 있는 것이다.

그런데도 내가 지금 펜을 들고 있는 가장 큰 이유는 앞으로 다가올 십 년 또는 이십 년의 미래에 너희들을 내 무릎 앞에 앉히고 십 년 또는 이십 년 전에 어떤 슬픈 일이 있었으며, 너희들의 엄마가 너희들에게 주지 못한 채 돌아간 수많은 교훈과 사랑에 대해 너희들에게 이해할 수 있을 만큼 이야기할 기회가 올 것이냐, 못 올 것이냐 하는 의문 때문이다.

너희가 이 글을 보게 될는지— 물론 그것도 의문이지만— 그러나 너희가 어떤 기회에 엄마와 아빠의 지나온 길을 알려고 하는 진지한 태도가 생길 때, 그리고 엄마와 아빠의 너희에 대한 사랑을 알고자 할 때 몇십 년 전에 쓴 이 글이 도움되리라고 나는 생각한다.

사실 너희들이 자라서 당당하게 한 사람의 몫을 다할 때까지 아빠가 살아있을지도 의문이다. 지금 내 건강으로 미뤄 보건대, 너희들이 클 때까지 살아 있고 싶다는 간절한 바람은 물거품이 될 수도 있다.

설령, 이런 모든 불행을 생각하지 않고, 너희 둘을 내 무릎 앞에 앉혀 놓고 엄마에 대해서 이야기할 기회가 온다고 한들, 지금 내가 하고자 하는 이야기를 그대로 전할 수는 없을 것이다. 또한, 엄마에 대한 너희들의 생각 역시 변하지 않으리라는 보장도 없다. 그리하여 나는 펜을 들지 않을 수 없었다.

두 달 전, 너희는 엄마를 영원히 잃어버리고 말았다. 하지만 너희는 엄마가 누구인지, 엄마가 살았는지 죽었는지조차 분간하지 못했다. 그도 그럴 것이 큰 아이는 이제 두 돌이 지나 네 살이었고, 작은 아이는 세상에 나온 지 불과 열흘이 채 안 되었기 때문이다. 엄마의 사랑과 젖, 품이 필요할 시기였다.

큰 아이는 우리의 구차한 삶에 장애가 된다고 해서 서너 달 전부터 외할머니의 품속에서 자라고 있었다. 이에 엄마의 사진첩을 펼쳐 "엄마가 누구냐?"고 물으면 바로 짚을 때도 있고 혹은 다른 여인의 얼굴 위에 통통하고 짧은 손가락을 짚으면서 우리를 쳐다볼 때도 있었다.

그때마다 나는 큰 아이의 손가락을 엄마 얼굴 위에다 짚어주며 이렇게 말하곤 했다.

"똑똑히 봐! 네 엄마는 이 사람이야!"

작은아이가 태어나기 전의 일이다.

큰 아이와 함께 시골에서 올라오신 외할머니가 방이 작아서 함께 주무시지 못하고 아이만 남긴 채 다른 곳으로 가신 적이 있다. 이에 엄마와 아빠는 큰 아이를 가운데 눕히고 자려고 했다. 그런데 재롱을 피우며 방안 이곳저곳을 돌아다니던 아이가 몹시 쓸쓸해 하는 표정으로 아빠와 엄마를 번갈아 쳐다보더니, 그대로 엄마의 품에 안기어 잠이 들고 말았다. 엄마의 젖을 꼭 쥐고 이따금 움찔움찔하면서.

그런데 밤중이 되어 무엇에 깜짝 놀란 듯이 얼핏 눈을 뜨더니 벌떡 일어나 앉으며 두리번거리며 누군가를 찾지 뭐냐. 그리고 잠시 두 어깨가 들먹들먹하더니 이내 동그래진 두 눈에서 눈물을 뚝뚝 흘리며 '엄마'를 찾았다.

"엄마, 여기 있다."

엄마가 큰 아이를 꼭 끌어안으며 말했지만 아이는 여전히 울기만 했다. 그리고 누군가를 찾으며 "엄마! 엄마"라고 울었다.

"이런 변이 있나. 많지도 않은 딸 하나를 제대로 키우지 못하다니."

엄마는 큰 아이를 안으면서 잠옷 자락으로 눈물을 쓱―문질렀다.

"그만한 일에 울기는. 아이가 할머니를 따르는 게 뭐 그리 큰 잘못인가?"

나는 이불 속에서 물끄러미 모녀의 모습을 바라보다가 그대로 홱—
하고 돌아눕고 말았다.

"누가 큰 잘못이래요. 딸이 엄마 품을 모르고 우니까 그렇지."

이것이 큰 아이가 마지막으로 엄마의 품에 안겼을 때의 일로 엄마 역
시 그후 아이의 얼굴을 다시 보지 못했다.

큰 아이가 제 엄마의 젖을 쥐고도 제 엄마의 품인 줄을 몰랐거늘, 하물
며 핏덩어리에 불과했던 작은아이는 더 말할 여지도 없다. 아이는 이제
겨우 울 줄이나 알고 젖이나 빨 줄 안다. 가끔 천장을 쳐다보다가 생긋생
긋 웃기도 한다.

나는 지금까지 부모의 사랑이라든지, 아이들에 대한 어버이의 사랑
에 대해 진실로 생각해본 적이 없다. 그래서 부끄럽지만, 아이를 안고 눈
물을 흘리던 네 엄마를 꾸짖으며, 창피하게 굴지 말라고 야단을 친 적도
있다.

그러나 지금 엄마를 잃어버린 어린 너희들을 생각하면 말할 수 없는
참담함과 쓸쓸함을 느끼게 된다. 너희들의 앞날을 밝혀줄 하나의 큰 빛
을 잃어버린 것 같은 생각이 들기 때문이다.

이렇게 말하면 세상 사람들은 물론 너희들 역시 나의 완고하고 어리
석음을 비웃을지도 모른다. 나 자신도 제삼자로서 그런 경우를 보았다
면 틀림없이 그렇게 했을 것이다.

물론 어려서 엄마를 잃은 아이들이 너희들만 있는 것은 아니다. 매일

적지 않은 사람들이 엄마와 아내를 잃었다는 소식을 들을 수 있기 때문이다.

그러나 나의 사랑스러운 딸들이여!

세상에 수없이 많은 일이라고 해서 그것이 결코 작은 일이며, 세상에 허구한 일이라고 해서 반드시 그것이 결코 큰일이라고는 할 수 없다. 두 돌이 지난 것과 생후 채 열흘도 안 되는 너희들이 단 하나뿐인 엄마를 잃은 일, 나아가 건전한 감정과 이지를 채 갖기도 전에 자신의 천품과 개성을 싹조차 피우지 못하고, 어린 두 딸을 그대로 두고 이십삼 년이라는 짧은 생을 마치고 땅속으로 돌아간 일은 결코 작거나 부끄러운 일이 아니다. 그러므로 세상 사람들이 엄마의 죽음에 대해서 잊어버리고, 엄마를 사랑하던 사람들이 엄마와의 추억을 완전히 잊어버린 뒤에도 너희들이 느끼는 비통한 슬픔은 무엇과도 바꿀 수 없을 것이다. 이에 너희들은 인생의 첫걸음에 수많은 적막의 적잖이 큰 부분을 미리 맛보았다고 할 수 있다. 즉, '네부스키'의 탄탄대로가 아닌 '형자(刑者)의 소로' 위에 선 것이다.

그러나 귀엽고 사랑스러운 나의 딸들이여!

이 커다란 불행이 동시에 세상 그 무엇과도 바꿀 수 없는 큰 행복임을 결코 잊어서는 안 된다.

이 불행 탓에 그리고 이 슬픔 탓에 너희들은 인생에 대한 심오한 적막 앞에 부딪히게 될 것이며, 이는 너희들 인생에 있어 둘도 없는 소중한 자산이 될 것이다. 즉, 너희들이 반드시 걸어나가야 할 인생의 행로 위에

사랑을 쓰다
그리다
그리워하다

서, 너희들이 부딪치고, 그것을 뚫고 나가야 할 수많은 장애물 앞에 세워질 때 너희들에게 조금도 두려움 없는 '돌격'의 마음을 갖게 하는 가능성을 줄 것이다.

불행을 불행으로만 생각해서는 안 된다. 마찬가지로 적막을 적막으로만 돌려보내서도 안 된다.

불행한 탓에 또한 행복한 나의 딸들이여!

너희들은 적막한 탓에 적막을 알고 적막을 알기 때문에 삶을 안다고 할 수 있다. 그 때문에 적막을 정복하지 않으면 안 된다.

엄마와 아빠가 함께 생활을 영위하게 되기까지는 실로 수많은 가시밭길을 밟아야 했다. 서로 처음 보게 된 것은 지금으로부터 십 년 전, 엄마와 아빠가 열다섯 살 되던 해 중등학교 2학년 때였다.

우리의 앞길에는 말할 수 없이 많은 장애가 있었다. 그리하여 우리는 구렁에도 빠져보았고, 큰 바위를 뚫고 나갈 수 없어 그것을 바라보며 온종일 한숨을 짓기도 했다. 해가 질 무렵에야 그것을 피해 겨우 다른 길로 돌아 나올 수 있었다. 또 다리도, 배도 없는 강물을 건너기 위해 종아리를 걷고 깊은 물 속에 들어서기도 했다.

예상치 못했던 커다란 곤봉에 머리를 맞고 나아갈 방향을 알 수 없어 깊은 밀림 속에서 서로 자취를 잃고 들리지 않는 목소리로 고함을 치면서 헤맨 적도 있다.

그러면서 엄마 아빠는 비로소 인생을 알기 시작했다. 눈 녹는 언덕을 넘다가 가시덤불에 걸려 넘어지고, 무릎에 흐르는 피를 씻다가 죽은 가지에서 피어 터지는 새싹을 발견하고는 그것이 봄인 줄 오해하기도 했다. 녹일 듯이 내리쬐는 불볕더위를 피해 신작로 옆에 서 있는 백양목 그늘에서 땀을 훔칠 때, 양철로 지붕을 이은 바라크 속에서 몰려오는 홍수의 아우성을 들을 때는 바야흐로 여름이 왔음을 알았다. 또한, 비단결 같은 벽공에서 비행기의 굉음 소리를 들으며 홀로 넓은 광야를 거닐다가 서리에 젖어 있는 들국화를 꺾어 들고 가을이 지나갔음을 안 적도 없지 않다.

아, 나의 사랑스러운 딸들이여!

구름 한 점 없는 코발트 색 창공과 붉은 땅을 하얗게 줄 그은 일직선 라인 위에서 가을 하늘 속에 떠오르는 볼을 향해 명쾌한 웃음을 짓던 너희 엄마는 어린 비둘기 같은 가슴속에 인생의 적막을 안겨주었다. 그리고 이는 인생의 가장 깊은 곳을 향해 쏜 화살이 되었다.

수많은 곤란과 탄압 속에서 너희 엄마에게 나를 따르게 하고, 내게 너희 엄마를 따르게 한 단 하나의 힘은 서로의 가장 진실한 곳을 탐구하려는 진실한 태도에서 비롯되었다. 그것이 어느 정도의 족적(足蹟)을 사회에 남겼는지는 여기서 평가할 필요가 없다. (왜냐하면, 우리의 생활이 이 사회에 이바지한 바는 그 의도의 선량함에도 불구하고 아무것도 없기 때문이다) 그러나 우리가 우리의 개인적인 생활을 공적인 생활에 종속시키려고 수많은 노력을 했다는 것, 그리고 그 사이에 있는 모순을 없애기 위해 싸울 때도, 눈물을 흘릴 때도, 웃을 때도 잦았다. 너희 엄마는 이 세상을 떠나는 날까지 이 생활의 위대한 고민 속에서 살고 있었다. 이것은 너의 엄마에게 있어서나 나에게 있어서나 또는 모든 사람에게 있어서 어느 정도 숙명적인 것이리라.

그러나 이제는 완전히 새로운 시대에 살고 있을 나의 사랑스러운 딸들이여!

이 '모순의 고민'은 결코 단순한 경멸과 조소로써 침 뱉어 버릴 만큼 쓸데없는 것이 아니다. 이 고민을 극복하려는 노력으로 엄마와 아빠의 사상은 전진했고, 이 고민을 붉은 심장을 가지고 대하는 도수에 따라 엄마와 아빠는 삶의 본질에 점점 더 가까이 다가갈 수 있었다. 그런 점에서 우리 세대의 청년들이 그런 고민을 전혀 모른 채 지나가거나 표면만을 건드리고 지나간다면 그것은 인생을 제대로 '생활'했다고 볼 수 없다.

귀엽고 사랑스러운 나의 딸들이여!

너희 엄마는 이 고민을 회피하고 달아날 만큼 비겁한 사람이 아니었다. 오히려 항상 최선을 다해 고민과 싸웠다.

엄마가 아빠와 서로의 가슴 속에 든 이야기를 허심탄회하게 나눈 지 얼마 되지 않았을 때의 일이다. 사실 열다섯에 서로 처음 만나 열일곱에 편지를 나누었지만, 엄마와 아빠가 서로의 얼굴을 대하고 이야기를 나눈 것은 훨씬 뒤의 일이다.

엄마가 평양에서 여학교를 졸업하고 서울에서 일 년을 보냈을 때, 아빠는 도쿄로 건너가고자 했다. 그때가 열아홉 살 되던 해 봄이었다. 그제야 엄마와 아빠는 서로 얼굴을 마주 보고 제대로 된 이야기를 처음 나누었다.

한없이 건방졌던 중학교 졸업생과 불길 같은 자존심을 지녔던 이 시대의 젊은 여학생은 불과 한 시간이라는 짧은 시간 안에 서로의 생각이 일치한다는 사실을 발견할 수 있었다. 수많은 애매(曖昧)와 회의(懷疑) 속에서 그리고 자존심과 자존심의 격렬한 충돌 속에서 우리에게 길을 보여주고 심장을 논하게 한 것은 오직 그것 때문이었다.

그 결과, 우리는 점점 더 많은 이야기를 나누게 되었다.

그리고 며칠 후—그러나 실로 우리의 오랜 모색에 비하면 얼마 되지 않는 짧은 시일이 흐른 뒤였다. 우리의 앞길에는 우리의 힘으로는 도저히 움직일 수 없는 커다란 바위가 가로막고 있었다.

아직 어린 나의 딸들이여!

너희들이 이 글을 보고 있을 그 시대의 사회적 환경에서는 당시 엄마 아빠가 당하고 있던 장애물과 그것을 격퇴하기 위해서 얼마나 큰 힘이 필요했는지에 대해서 이해하기가 쉽지 않을 것이다. 그도 그럴 것이 그 당시 엄마와 아빠 역시 도저히 이해할 수 없었기 때문이다. 생각해보면 매우 불합리한 것이었다.

커다란 바위란 엄마와 아빠가 성(姓)과 본(本, 본적)이 같다는 것이었다.—우리나라에서는 동성동본 사이의 결혼을 금지하고 있다—이에 방학 때 고향에 돌아간 엄마는 감금의 위협을 받기도 했다. 그후 엄마는 칼날 같은 냉정한 이성을 통해 아빠에게 절교를 선언하였다.

나의 사랑스러운 딸들이여!

아빠에게 절교를 선언하던 엄마의 가슴도 매우 아팠겠지만, 그 선언을 받아들여야 하는 아빠의 마음도 보통 심란한 것이 아니었다. 나는 한없이 격분하였다. 이에 아빠는 엄마에게 편지를 수차례 보냈다. 그때 아빠가 엄마에게 보낸 편지가 남아 있지는 않지만(생각건대, 당시 내가 너희 엄마에게 보낸 모든 편지가 아직 남아 있음에도 불구하고, 이 시기의 것만은 찾을 수 없는 이유는 아마도 그 편지를 부모가 보는 앞에서 모두 찢어버렸던지 혹은 편지가 주는 너무도 심한 고통 때문에 그것을 없애버린 것으로 보인다) 그 내용은 지극히 격렬하였다. 사실 그때 나는 가장 참기 힘든 모욕을 당한 것으로 생각할 수밖에 없었다.

'역사의 수레바퀴를 뒤로 돌리는 가장 반동적인 봉건적 잔재의 최후 발악에 머리를 수그리고 굴복하는 것'이라고 나는 그 편지에 썼었다. 그리고 너희 엄마에게 '여태껏 가지고 있던 소부르주아적 근성을 그대로 발로한 일화견주의(日和見主義, 기회주의)—너희들이 살고 있을 새로운 시대에도 내가 가장 큰 영예를 느끼면서 사용한 이 문구는 없어지지 않을 것이다—에 사로잡힌 가장 악한 동물'이라고 하였다.

이렇게 펜으로 쓸 수 있는 갖은 욕설을 나열해 보낸 후 나는 가슴이 좀 시원해지는 것을 느꼈다. 동시에 어떻게 할 수 없는 마음의 공허와 걷잡을 수 없는 적막을 느꼈다.

나는 아름답게 흐르는 고향의 강물을 멍하니 바라보며 절교해야 할 이론적인 근거를 긁어모았다. 그리고 솜같이 피어오르는 적막한 정서를 압박하면서 한나절을 보냈다.

사실 의학적인 지식으로 보건대, 혈통 결혼이 좋지 않은 것은 분명하다. 하지만 성과 본이 같다는 것이(수효가 적은 성과 달리 우리의 성은 가장 흔히 볼 수 있었다) 어떻다는 것인가. 당연히 타파해야 할 봉건적인 잔재가 아니겠는가.

비상한 이해의 힘을 가져야 할 나의 사랑스러운 딸들이여!

하지만 우리는 우리의 원망을 결코 다른 사람들 탓으로 돌려서는 안 된다. 너희 외할아버지와 외할머니, 그리고 친조부모에 그 원한을 돌려보내서는 안 되는 것이다.

너희들이 이 이야기를 완전히 이해하기 위해서는 단순한 법률적 해석이나 풍속, 관습에 대한 연구만으로는 부족하다. 오직 과학적이고 정치적인 시각에 따라야만 이해가 가능하기 때문이다. 그래야만 이 사건의 책임을 정당하게 돌려보낼 수 있다.

어쨌든 이를 통해 엄마와 아빠가 완전히 절교하였다면 모든 것이 더욱 더 간단하게 되었을지도 모른다. 너희들도 아마 세상에 나오지 않았을 것이고, 엄마 역시 이른 나이에 죽지 않았을 것이다. 그러나 지금 너희들에게 이런 공허한 소리를 한들 무슨 소용이 있으랴.

엄마와 아빠의 절교는 일 년밖에 더 지속하지 않았다! 그러나 그 일 년은 우리에게 정서의 힘을 이지(理智)나 자존심 혹은 이성의 힘으로 억제하는 것이 얼마나 힘든지 충분히 알게 해주었다.

일 년 동안 엄마는 수없이 울었을 것이다. 또 쓸쓸해 한 적도 많았을 것이다. 하루 스물네 시간의 대부분을 냉정한 생각으로 보내기도 하였으리라. 아빠를 의심하기도 하고, 미워하기도 하고, 욕하기도 하고, 원망도 했으리라. 그러나 엄마의 심장은 실로 뜨거웠다. 이에 정당한 것과 정당하지 못한 것을 명확하게 분별할수 있었다.

큰아이가 생긴 것도 이때였다. 이에 우리는 열 달 후 싫든 좋든 엄마 아빠가 되지 않으면 안 되었다. 새로운 생명의 불행은 이때부터 시작된 것이다.

우리는 그때 고작 스물한 살에 불과했다. ― 엄마와 나는 암담하기 짝이 없었다 ― 우리 두 사람의 생활조차 해결할 능력이 없는데 아이까지 태어나면 이를 어떻게 해결한단 말인가. 더욱이 아이가 있으면 모든 일에 지장이 생길 것은 당연한 일이었다.

이렇듯 몹쓸 아빠를 한없이 원망할 나의 사랑스러운 딸들이여!

다행스러운 건 생명을 저주할 권리는 우리 인간에게 부여되지 않았다는 것이다.

너희들은 엄마와 아빠를 무책임한 철부지라고 원망할지도 모른다. 나는 그 원망을 달게 받을 것이다. 우리로 인해 너희들이 뱃속에서부터 적지 않은 고통을 받았기 때문이다. 심지어 모든 것이 뜻대로 안 되자 배 속에 있는 너희들을 꾸짖은 적도 있다.

그러나 너희 엄마는 확실히 달랐다. 친정과의 최후의 결렬을 '반역의 여행(엄마는 친정과 충돌하고 고향으로부터 서울을 향해 올라가던 여행을 이렇게 불렀다. 그러나 이는 엄마와 아빠가 함께 한 최초의 여행이자 마지막 여행이 되고 말았다)'이라 명명한 엄마는 서울에 머물기로 하고, 그해 오월이 되기 전에 동대문 밖에 방을 얻은 후 비로소 아빠와 동거를 시작하게 되었다. 그러는 동안 큰 아이는 엄마의 뱃속에서 점점 커 갔다.

하지만 우리의 생활은 구차하기 그지없었다. 이에 둘이서 함께 산책조차 해본 일이 없다. 그러나 이때야말로 길지 않은 엄마의 삶에서 가장 아름다운 시절이었음이 틀림없다.

아, 나의 사랑스러운 딸들이여!

그러나 엄마와 아빠에게는 가정의 단란을 맛보는 것이 허락되지 않은 듯하다. 그렇게 시작된 생활이 채 몇 달도 못 가 단절되고 말았기 때문이다. 그때가 8월 12일이었다.

그해 시월(十月), 장차 몇 달 몇 해라고 한정할 수 없는 장구한 시일동안 아빠는 사랑하는 사람과 사바세계로부터 떨어져 서대문 밖에서 지내야 했다. 피의자로부터 피고가 되어 재판에 넘겨졌기 때문이다.

이때 있었던 모든 일에 대한 기록을 나는 생략하고 싶다. 나 없이 혼자 남은 엄마에 대해서도 여기서는 오직 너희들의 비상한 상상력에 맡기기로 한다. 다만, 생활비 들어올 곳이 막막했다는 것, 그리고 나이(엄마는 약제사였는데 나이가 어려서 면허증이 아직 나오지 않았다) 때문에 엄마가 아직 취직할 수 없었다는 것, 두 달 후면 큰 아이가 세상 밖으로 나온다는 것, 나아가 친정에도 시가에도 갈 형편이 안 된다는 것—이것만 간단히 추려서 생각해본다고 해도 그때 엄마의 상황이 어땠는지는 능히 짐작할 수 있으리라.

아, 나의 귀엽고 소중한 딸들이여!

오랜 시일동안 감옥 안에 있으면서도 나는 눈물을 흘려본 적이 단 한 번도 없다. 만일 내가 그때 한숨과 눈물을 참으면서 아빠를 격려하던 엄마를 생각하며 눈물을 참지 못했다면, 너희들은 나의 사내답지 않음을 비웃을 것이다.

오, 귀여운 나의 어린 딸들이여!

엄마는 결국 혼자서 아이를 낳았다. 12월 21일! 이날 큰 아이가 비로소 첫울음을 터트린 것이다. 엄마가 내게 보낸 편지와 그때 엄마가 쓴 수기를 보면 그날 오후에 외할머니가 시골에서 올라오셨음을 알 수 있을 것이다.

내가 큰 아이의 출생을 안 것은 다음 해 정월이었다. 한 달 후에야 비로소 큰 아이가 우리와 함께 거친 인생의 길을 걸으려고 세상에 나왔다는 사실을 알게 된 것이다.

나는 편지를 받아들고 우선 안심했다. 사실 그때까지도 나는 대체 어찌 되었나 싶어 궁금하기 짝이 없었다.

"나와 어린아이는 모두 건강합니다. 아이는 당신을 똑 닮았소."

나를 똑 닮았다는 엄마의 글이 하도 우스워서 혼자 빙그레 웃었다. 이 웃음이 아마 새 생명을 향한 첫 웃음이었을 것이다.

아, 나의 사랑스러운 어린 딸들이여!

사실 큰 아이를 등에 업은 때부터 너희 엄마는 살아야 한다는 불길 같은 열정과 옥중에 있는 남편을 뒷바라지하기 위해 몸이 부서지도록 일하지 않으면 안 되었다. 생각건대, 가장 진실한 열정의 화신(化身)이었다고 해도 과언이 아닐 것이다.

　나는 너희 엄마가 이때 얼마나 고통스러웠는지, 등에 업은 어린 것과 감옥에 있는 남편을 위해 얼마나 위대한 사랑을 가지고 행동을 하였는지 필설로 다 형용할 수 없다. 나아가 너희 엄마가 얼마나 굴할 줄 모르는 위대한 생활의 용사였는지에 대해 조금도 과장하고 싶지 않다. 그러나 내가 아무리 있는 그대로의 너희 엄마의 생활을 묘사한다고 해도 너희들은 내게 객관적이고 정당한 평가를 할 수 없다고 할 수도 있다. 이러한 모든 불순한 생각으로부터 지금은 없는 너희들의 엄마 그리고 나의 단 하나뿐인 아내의 위대했던 생활의 기록을 지키기 위해 나는 그것에 관한 일체의 서술을 강경한 이지(理智)의 소유자가 되어야 할 나의 어린 두 딸, 너희들의 조금도 편벽(偏僻, 생각 따위가 한쪽으로만 치우쳐 있음) 없는 상상력에 맡길 것이다.

　큰아이를 처음 보던 때의 일을 잊을 수 없다. 가을이 짙어가던 어느 날 정오였다. 엄중한 감시에도 불구하고, 미결감(未決監, 미결수를 가두어 두는 감방) 감방은 점심 먹은 그릇을 치우느라 벌집을 쑤신 듯이 웅성거렸다.

　나 역시 아홉 구(九)자가 박힌 주먹만 한 밥 덩어리에 부추김치를 놓아서 뱃속에 쓸어 넣고 나서 한 잔씩 돌아가는 더운물로 목을 축이고 마루 판장을 쓰는 동료의 꽁무니에 손수건을 찌르느라 날카로운 신경을 집중하고 있었다. 나는 간수의 눈과 마루 판장을 쓰는 동료의 눈초리를 피하면서 알지 못하게 손수건을 찌르느라 온갖 야릇한 자태를 다―부리고 있었다. 바로 그때 내가 있는 감방의 번호와 나의 호수를 부르는 간수의 소리가 들려왔다. 그러자 나를 멍—하니 바라보면서 벙긋벙긋 웃고 있던 동료 하나가 나를 찌르며 웃었다. 그 바람에 나는 하마터면 방을 청소하고 있던 동료의 등에 엎어질 뻔했다.

나를 부르는 간수는 면회담당이었다.

"부인 손목이라도 한 번 쥐어보고 오~우."

이런 농담이 끝나기도 전에 나는 방을 뛰어나가 복도로 가서 앞에 놓인 삿갓을 썼다. 가슴이 두근두근했다. 그러나 나는 늘 맑은 태양을 쪼이며 복도를 걸어나갈 때처럼 마음속으로 중등학교 시절 외었던 시 한 구를 웅얼거렸다.

'이 땅이 아직도 아름답구나. 사람된 것 또한 둘 없는 기쁨이로세.'

나는 뜰을 건너 면회하는 방으로 들어갔다. 어두컴컴한 비둘기장 같은 네모난 방에서 어서 눈앞에 내려온 창문이 올라가기를 기다렸다. 그러더니 한참 후 대기실에서 너희 엄마를 부르는 소리가 났다. 나는 귀를 기울였다. 엄마의 대답 소리가 들리고 나서 한참 동안 간수와 대화를 나누는 소리가 들렸다. 엄마의 말소리는 똑똑히 들리지 않았으나 간수의 목소리는 하나도 빠짐없이 들을 수 있었다.

"글쎄, 예심판사는 인정상 그렇게 말했는지 알 수 없지만 법에 따라서 행동하는 우리는 14세 이하의 아동에게는 면회를 허가할 수 없습니다."

이에 엄마의 목소리가 한동안 잠잠해지더니, 이내 다시 목소리를 더 높여서 말하기 시작했다.

"글쎄, 이 갓난아이가 함께 들어간들 무슨 이야기를 할 것입니까? 면회랄 것도 없지 않아요? 그러니 잠깐만 비공식적으로…… 애가 이렇게 크도록 제 아빠를 보지도 못했단 말이에요."

그러나 간수는 여전히 강경했다.

"한 사람을 허락해주면 누구는 해주고, 누구는 안 해준다는 말이 나와요. 그러면 결국 규칙이 무너지고 말아요."

엄마는 더는 말하지 않았다. 그리고 안고 있던 아이를 누군가에게 맡기는 소리가 간간이 들리더니 사람들 틈에 끼어 면회하는 방으로 들어왔다.

면회는 매우 간단하게 끝났다. 면회를 자주 할 수 있었기 때문에 그리 긴 시간이 필요하지 않았다. 그러나 간수는 다른 사람들을 다—끝낸 후 맨 마지막으로 우리 방의 문을 닫았다.

"만일 그렇게 아이를 보여주고 싶거든 나가서 사람들이 다—가는 걸 기다리세요."

비공식적으로 아이와의 만남을 허락한 것이다.

그러자 엄마가 함박웃음을 지으며 연신 '고맙습니다'라고 하더구나.

내 가슴도 뛰었다. 벌써 열 달이 되었으니 아이가 얼마나 컸을까? 튼튼하게 생겼는가? 나를 똑 닮았다더니 그것이 사실인가? 혹 '아빠!'하고 나에게 안기려고 하다가 교도관에게 제지나 받지 않을까?—짧은 시간 동안 내 머릿속은 온갖 생각으로 꽉 찼다.

잠시 후 창문이 다시 올라갔다. 그리고 그 앞에 엄마 품에 안긴 아이가 나를 방긋 쳐다보고 있었다.

나는 아무 말도 없이 껑충껑충 뛰어오르는 아이의 재롱을 멍하니 바라보았다.

"네 아버지다. 안녕하세요─하고 악수해라!"

엄마는 아이의 손을 잡아서 내게 내밀었다. 나는 얼떨결에 그 손을 잡으려고 했다가 감옥의 규칙이 생각나 그대로 묵묵히 서 있었다. 그리고 한참 동안 아이의 재롱을 물끄러미 바라보았다.

"됐다, 이젠 가렴! 엄마 너무 힘들게 하면 안 된다!"

나는 아이에게 말하듯이 훈계를 했다. 그 순간, 나는 '내가 아빠가 되었다'는 사실을 처음으로 알게 되었다. 그러자 갑자기 몹시 늙은 것 같다는 생각이 들었다. 하지만 이내 어린 딸에게 처음 한 말이 하도 부자연스러워서 고소(苦笑, 쓴웃음)를 금치 못하였다. 이에 속으로 이렇게 중얼거렸다.

'아가, 어서 커라! 어서 커라!'

나의 사랑스러운 딸들이여!

이제 작은 아이가 이 세상에 나올 때의 이야기를 해야 할 순서에 도달했다.

작은 아이가 생긴 것은 아빠가 보석(保釋, 피고인을 구류에서 풀어주는 것)을 받아 세상에 나온 지 일 년이 훨씬 지난 올해 1월 초 여드렛날이었다.

내가 보석이 되어서 나온 것은 큰 아이의 첫 돌을 이틀 앞둔 12월 19일로 부슬비가 내리던 초겨울 밤이었다. 그때 너희 엄마는 어떤 약국에서 일을 보고 있었다. 남편과 아이와 생활을 위한 불같은 열성에 엄마와 반목했던 사람들이 다시 그 주위에 돌아오고 있던 때이기도 했다. 그래서 큰아이의 첫 돌 잡는 것을 볼 겸 사위의 보석 출옥을 맞으려고 상경하셨던 너희 외할머니가 비를 맞으며 엄마와 많은 친구와 함께 감옥 문을 나서는 나를 맞아주었다.

작은아이의 출산은 갑작스러웠다.

엄마의 앓는 소리는 먼—곳에서 들렸다가 끊어진 후 다시 들려오곤 했다. 그것이 갑자기 귀밑에서 '아이고 배야—'하고 외치는 소리로 들렸을 때 나는 비로소 잠에서 깨어 벌떡 일어나 앉았다.

나는 진통을 참느라고 배를 켠 채 몸을 떨고 있는 엄마를 보며 전신에 소름이 끼치듯이 정신이 번쩍 들었다.

"몇 시간이나 됐어?"

"네 시부터—"

엄마는 겨우 대답을 하고 다시 아픔이 몰려오는지 "아이고—"를 연발했다.

시계를 보았다. 여섯 시였다. 두 시간 동안 옆에서 앓는 것도 모른 채 잤던 것이다. 나는 될수록 침착해지려고 했다. 같이 있던 중년 부인이 부엌에 불을 때며 분주히 오갔다.

"이제 산파한테 갈까?"

나는 허리끈을 매고 외투를 입으면서 엄마를 향해 물었다. 목소리가 살짝 떨리고 있었다.

"아직 몇 시간이나 더 있어야 할 텐데—"

그리고는 다시 "아이고—"를 연발했다.

엄마는 큰 아이를 8, 9시간 진통 후에 낳았다고 했다. 그러니 내가 보기에는 진통이 잦은데도 불구하고, 본인은 너무 일찍 산파를 불러 폐를 끼칠 필요가 없다고 생각하는 모양이었다. 더욱이 아이를 내어주겠다고 한 산파는 엄마의 여학교 시절 동창으로 평소 가깝게 지내던 사이었다. 이에 보수도 변변히 안 받으려고 하는 모양이었다. 그러니 너무 일찍 부르기가 더욱 미안했으리라.

나는 잠시 물끄러미 보고 서 있다가 진통이 몰려오는 시간이 점점 잦아지는 것을 보고는 그대로 있을 수 없었다. 아무것도 모르는 내 눈에도 시기가 급박했음을 느낄 수 있었기 때문이다.

나는 밖으로 뛰어나갔다. 밖은 훤—하니 날이 밝아서 거리의 전등이 오히려 빛을 잃고 있었다. 매서운 새벽바람이 거리를 스치며 얼굴에 와서 부딪혔다. 나는 호주머니에서 마스크를 꺼내어 입을 막고 산파의 집을 향해 달음질을 쳤다. 흙먼지 섞인 바람이 다리며, 외투, 얼굴 할 것 없이 와서 부딪쳤다. 그로 인해 몇 번이나 걸음을 늦춰야 했다. 네거리에서 왼편으로 꺾어 돌아 돌상 앞을 향해 나는 아직도 달리고 있었다. 몸이 후끈후끈한 것이 땀이 쭉—나와서 셔츠는 이미 푹 젖어 있었다. 마스크 속에 넣은 가—제 역시 물에 적신 듯했고, 두 눈에는 어느덧 서리가 맺혀 있었다.

산파의 집이 가까워지자 나는 숨을 태우기 위해 달리기를 멈췄다. 그러나 뛰는 데 열중하느라고 잊어버렸던 아내의 진통하는 모습이 다시 머리를 스치자 두 다리의 근육이 다시 벌떡 일어났다. 이에 다시 줄달음질을 쳤다.

이윽고 산파의 집 대문을 두드릴 때는 이미 온몸이 땀에 젖어 있었다. 더욱이 목소리조차 나오지 않을 정도로 숨이 하늘에 닿아 있었다.

"누구세요?"

"서문 거리에서 왔는데, 아내가 곧 아이를 낳을 것 같아요!"

동리를 뒤집을 듯한 큰 소리를 자아내어 몽둥이 같은 말을 대문 틈으로 내던졌다. 그러자 한참 후 대문이 열리고 잠옷 위에 망토를 걸친 산파가 나왔다.

"아픈지 몇 시간이나 됐어요?"

"글쎄, 네 시부터 진통이 시작되었다고 하니, 한두 시간 된 것 같아요."

"그럼 아직 좀 더 있어야 할 것 같네요."

"제가 보기에는 급한 것 같던데……"

"그럼 곧 갈 테니, 먼저 가세요."

나는 뛰어온 길을 다시 돌아갔다. 올 때처럼 뛰지는 않았지만 발은 빨리 옮겨놓았다. 산모의 괴로워하던 모양이 몇 번씩이나 눈앞에 나타났다. 순산이나 하려나? 오늘 종일 앓기나 하면 어쩌나? 이번에도 또 딸을 낳으려나? 혹은 번갈아 아들을 낳으려나? 이제 나도 두 아이의 아빠가 되는구나. ─ 나는 순서 없는 생각에 잠겨 아침거리를 걷고 있었다. 머

사랑을 쓰다
그리다
그리워하다

릿속은 공상에 빠져 있었다. 그러나 다리는 처음의 속도로 조금도 느리지 않고 집으로 걸어갔다. 눈앞에 집을 보고 나서야 비로소 정신이 돌아왔다. 그리고 괴로워하던 산모의 얼굴을 생각하면서 집으로 뛰어들어 갔다.

"어떻게 되었어요?"

"벌써 낳았어요."

나는 가슴이 뭉클해졌다.

"뭐, 벌써 낳았어요?"

"네, 그런데 태를 못 낳았어요. 그러니 어서 산파를 오라고 하세요."

나는 아무 생각도 들지 않았다. 산파가 오려면 아직도 한 시간은 더 기다려야 할 것이다. 그렇다면 다시 거기까지 다녀와야 할까. 긴장되는지 온몸의 신경이 곤두섰다.

산파를 앞세우고 와서 방 안에 들여보낸 후 문밖에서 기다리고 있는 순간은 공포가 온몸을 감싸고 돌았다.

"이제 괜찮으니 안심하세요."

산파의 말이 떨어진 다음에야 굳었던 몸이 다소 풀리는 듯했다.

손수건으로 얼굴 가득 번진 땀과 눈에 어린 서리를 씻고 외투를 벗어서 의자 위에 걸쳐 놓았다. 간—숨이 후—하고 목구멍으로 나왔다. 가만히 방 안의 동태를 살피노라니, 갑자기 아이가 아들인지, 딸인지 궁금했다. 그러나 아픈 산모를 두고 그런 것을 먼저 묻는 것은 도리가 아닐 것 같아서 몇 번이나 주저해야 했다.

그러다가 웃는 말 비슷하게,

"뭘 낳았소?"

하고 물으며 웃음으로 흐리었다.

"예쁜 딸이에요."

대답한 이는 너희 엄마였다.

아, 나의 사랑스러운 딸들이여!

지금까지 나는 빈약하고 치열한 표현으로나마 너희들이 이 세상에 나오던 때의 이야기를 엄마를 대신해서 여기에 기록하였다. 만일 엄마가 죽지 않았다면 엄마의 입을 통해서 훨씬 더 재미있게 들을 수 있었을 텐데…….

그러나 나의 불행한 어린 것들이여!

만일 내가 이것을 기록으로 남겨두지 않으면 누가 있어 그 이야기를 너희들에게 해줄 것이냐. 생각건대, 누구를 통해서도 그 얘기를 들을 수 없어 쓸쓸한 고독 속에 너희들은 남아 있으리라. 이에 나는 반드시 기록하여야 할 나머지 한 구절에 대해서도 피할 수 없는 무거운 책임을 느낀다. 그것은 둘째 아이가 태어난 지 불과 아흐레 뒤의 일이다.

아, 나의 사랑스러운 딸들이여!

엄마의 죽음에 너희들은 나를 한없이 원망할 수도 있다. 하지만 두 가지 사실만 기억해줬으면 한다. 엄마의 죽음을 기록하는 것은 내게 있어 그 일을 두 번 당하는 이상의 막심한 고통을 수반한다는 것과 도저히 그것을 냉정하게 기록할 수 없다는 것이다. 그 일을 겪은 지 얼마 되지 않은 까닭에 그 일이 아직도 눈에 선하기 때문이다.

고통을 다시 맛보는 것—나는 이것을 결코 회피하려고 하는 것은 아니다. 그 날 새벽의 정경(情景, 사람이 처해 있는 형편)이 눈앞에 떠오를 때면 나는 정신을 잃을 만큼 심장이 요동치는 것을 느낀다. 벌써 몇십 번이나 그것을 경험했다. 이 글을 쓰면서도 그것이 주는 극심한 고통으로 인해 몇 번씩이나 펜을 놓아야 했다. 그러니 엄마의 심장이 영원히 멈춰버린 날 아침에 대한 기록을 다시금 꺼내는 것은 내게 더는 이 글을 쓰지 말라고 하는 것과도 같다.

그렇다. 그것은 내게 있어 매우 힘든 일이다. 비록 너희들로부터 원망의 소리를 듣게 되더라도 지금은 그것을 피하고 싶다. 하지만 언젠가 내 머리가 다시 건전해지고, 기억력이 다시금 전과 같이 회복되면 너희들에게 그때의 기억을 반드시 전할 것이다.

중요한 것은 엄마의 죽음을 눈앞에서 지켜보면서도 아빠는 아무것도 할 수 없었다는 것이다. 그때처럼 내가 무능력함을 절실하게 깨달았던 때도 없다.

엄마가 죽기 한 시간 전까지만 해도 나는 엄마가 충분히 다시 일어설 것이라고 믿었다. 엄마는 강한 사람이었으니까. 그 때문에 오늘의 이런 불행이 우리에게 오리라고는 꿈에도 생각하지 못했다.

나는 그 후 내가 얼마나 어리석고 미련한지 비로소 알게 되었다. 이에 나 자신을 스스로 비웃었다. 너희들에게서 엄마라는 존재를 지워버린 일, 엄마를 사랑하는 사람들로부터 그 존재를 없애버린 일, 그 모든 원인은 바로 나다. 이에 너희들과 그 사람들을 대할 때마다 가슴 찢어지는 고통을 맛보곤 한다. 특히 엄마 얼굴조차 모르는 작은 아이의 얼굴은 차마 쳐다볼 수조차 없다. 심지어 그 아이는 엄마 품에도 안겨보지 못했다.

엄마의 죽음을 앞두고 작은 아이는 친척 집으로 거처를 옮겼다. 그 결과, 엄마와 영원히 이별하고 말았다. 엄마의 부음을 듣고 큰 아이와 함께 올라오신 너희 외할머니가 엄마의 죽은 얼굴이나마 작은 아이에게 보여주기를 원했지만 나는 그것을 강경하게 반대했다.

물론 아이가 엄마의 얼굴을 본다고 해서 그것이 누구인지 또한 살았는지 죽었는지 알 수는 없을 것이다. 하지만 그때 아빠의 마음으로서는 모녀를 그렇게 만나게 하고 싶지 않았다. 더욱이 아무것도 모르는 아이에게 엄마의 처참한 얼굴과 죽음을 알리고 싶지 않았다. 아무것도 알지 못하는 때의 일이라도 강렬한 인상을 받았던 일은 죽는 날까지 뚜렷하게 기억될 수 있기 때문이다. 엄마의 주검이 강렬하게 남아 생장하는 너희들을 괴롭힐 것을 나는 두려워하였다. 그런 잔약한 마음으로 나는 너희들에게 엄마를 영원히 가리고 만 것이다.

그렇게 해서 엄마는 세상을 떠난 지 사흘 만에 차가운 땅속에 묻히고 말았다. 수많은 유신론자의 무덤 행렬 속에 철저했던 유물론자의 무덤은 참렬(慘烈), 차마 볼 수 없을 만큼 비참하고 끔찍한)함 그 자체였다.

엄마는 지금 기차의 기적 소리를 들으며, 멀리 용악산(龍岳山) 아래서 불어오는 찬바람이 솔잎 속을 지나가는 와—와— 소리에 안겨 꽁꽁 언 땅속에 홀로 누워있을 것이다.

사람을 쓰다
그리다
그리워하다

외할머니는 큰 아이를 데리고 그날로 돌아가셨다. 작은 아이는 아빠의 고향으로 보내기로 결정되어 엄마의 장례식을 치른 다음 날 아침 솜옷에 파묻혀서 자동차를 탔다. 그날은 평양에서도 드물게 보는 찬바람이 하늘을 울리는 날이었다. 불과 두세 시간의 여행이었지만 핏덩어리 같은 어린 것이 젖 한 모금 먹지 못한 채 추운 차 안에서 시달릴 것을 생각하니 내 마음은 한없이 서글퍼졌다.

그동안 나는 모든 것을 정리하느라 일주일 동안 평양에 남았고, 고향으로 돌아왔을 때 아이는 십 년 동안 병중에서 신음하던 친할머니의 품에 안겨서 새근새근 잠들어 있었다. 입에는 엄마의 젖이 아닌 고무 젖꼭지를 꼭 문 채.

아, 생각할수록 가엾은 어린 딸이여! 너는 그 둘 중 그 무엇도 갖지 못했구나!

윗방에서 책을 읽다가 혹은 무엇을 생각하다가 갑자기 네가 우는 소리를 듣고 나도 모르게 벌떡 일어난 적이 한두 번이 아니다. 그러나 미닫이를 열려고 내밀었던 손이 갑자기 힘을 잃고 두 발이 장판 위에서 못으로 박히나 한 듯 꿈쩍도 하지 않을 때, 이 아빠의 가슴은 예리한 칼로 에워내기라도 한 듯 아프기 그지없었다.

아, 무엇이 어린 너를 그토록 울게 하였느냐? 무엇이 어린 너로부터 엄마의 젖을 빼앗고 품을 빼앗아 갔느냐?

어떤 때는 네가 누워있는 아랫목에 가서 물끄러미 네 얼굴을 들여다보기도 했다. 그때마다 너는 무엇을 찾는 듯이 동그란 두 눈을 이리저리

굴리며 없는 무엇을 구하기라도 하듯 혀끝을 내어 두르곤 했다. 그러면 나는 고무 젖꼭지를 물에 씻어 다시 너의 입에 물리곤 했다. 그러면 너는 그것이 마치 엄마의 젖이라도 되는 듯 쪽쪽 소리를 내며 빨았다. 이를 지켜보는 내 가슴에는 눈물이 어리었고, 더는 지켜볼 수 없음에 자리를 피하고 말았다. 이에 쓰린 가슴을 안고 윗방으로 올라온 나는 치밀어 오르는 눈물을 머금고 창문을 멀거니 바라보곤 했다. 나는 어리석은 줄 알면서도,

"인생은 너무도 적막하구나."

라며 새삼스러운 느낌을 느끼는 것이었다.

고향에서 일주일을 지낸 후 나는 큰 아이를 볼 겸 또 너희 외할머니와 외할아버지를 위로도 할 겸 해서 외가를 찾았다. 큰 아이는 외할머니의 등에 업혀 나를 맞아주었다.

"네 아버지다! 인사해라, 응?"

외할머니는 슬픔을 억제하면서 네 얼굴을 나를 향해 돌렸다. 그러자 큰 아이는 낯은 익는데 도무지 누군지 모르겠다는 표정으로 한참 동안 나를 쳐다보더니, 아무 말도 없이 외할머니가 시키는 대로 고개만 끄덕였다.

나는 무슨 말을 할 수가 없어 네 옆을 지나 그대로 집 안으로 들어가고 말았다.

날씨가 따뜻한 날이면 너는 마루에 나가 뱅글뱅글 돌면서 혼자서 노래를 곧잘 부르곤 했다. 겨우 쉬운 말이나 할 줄 알기에 가사는 물론 곡

조 역시 제 마음대로였다. 다리 부러진 인형을 등에 업고는 착착 두들기면서 자장자장 할 때도 있었다. 그럴 때 누가 방해라도 하면 너는 눈살을 찌푸리며 달려들었다.

유리창 밖으로 네가 노는 모습을 물끄러미 바라보고 있으면 네 외할머니는 이렇게 말씀하시곤 했다.

"쟤는 아마 음악가가 되려는 게야."

그래서일까. 너는 라디오 같은 데서 음악 소리가 나오면 그 밑에 가서 귀를 기울이곤 했다. 또 경쾌한 재즈곡을 들을 때면 두 어깨를 들썩거리며 춤을 추다가, 우리가 보면 웃으면서 뛰어와 안기곤 했다.

나는 네 머리를 안고서,

"음악 좋아하니?"라고 물었다. 하지만 넌 '음악'이 무엇인지도 모르는 눈치였다. 이에 "응? 응?"하고 두어 번 묻는 바람에 오히려 내가 쩔쩔매야 했다.

"네 엄마는 수학을 못할까 봐 늘 걱정했다."

나는 너를 무릎 위에 앉히고 머리카락을 만져주며 말했다.

"쟤가 수학을 왜 못해?"

외할머니가 그 말에 반문하듯 물으셨다.

"엄마 아빠가 모두―수학을 안 했답니다."

"아, 그래서 따님도 예술에 취미를 갖는 모양이군."

하곤 우리를 웃기셨다.

가끔 너는 아침에 일찍 일어나서 내 방문을 가만히 열곤 나를 살며시

올려다보곤 했다. 그럴 때마다 나는 이리 오라며 네게 손짓을 했지. 그러면 너는 문을 닫고 가버리거나 살금살금 걸어와 내 머리맡에 앉았지. 이에 내가 이불을 들치고 안으로 들어오라고 하면, 너는 머리를 살랑살랑 흔들면서,

"싫어—"라고 말했다.

그리고는 머리맡에 있는 책을 뒤적거리다 뭐라도 아는 것처럼 병아리 같은 목소리로 책을 읽거나 책 사이에 끼어 있는 엄마의 사진을 물끄러미 바라보았다. 그럴 때마다 내 마음은 한없이 슬퍼졌다. 조그만 아이가 아무 말도 없이 주둥이를 쑥 내민 채 죽은 엄마의 사진을 보고 있는 모습을 보며, 슬퍼하지 않을 사람이 누가 있겠느냐. 어느 누가 눈물을 흘리지 않으리. 이에 나는 마치 네가 못 볼 것이라도 본 것처럼 네 손에서 엄마의 사진을 얼른 빼앗곤 했다. 그러면 너는 울지도, 웃지도 않은 채 표정 하나 깨뜨리지 않고 뭐라도 생각하는 듯이 한쪽 벽을 보고 그대로 앉아 있곤 했다.

오! 적막하고 가엾은 나의 어린 딸이여!

차라리 그 표정 대신 뜨거운 눈물을 보이려무나.

불행한 나의 어린 딸들아!

적막하고 가엾은 나의 어린 딸들아!

너희들이 기뻐서 웃을 때도, 기분이 좋아서 재롱을 피울 때도, 또한 슬퍼서 울 때도, 쓸쓸해 할 때도 이 아빠의 마음은 쓰라리기 그지없다. 마치 칼로 가슴을 베어낸 듯 내 마음은 아픈 것이다. 어느 누가 너희들에게

사랑을 쓰다
그리다
그리워하다

잃어버린 엄마를 돌려보내 줄 수 있을 것이냐? 어느 누가 이 불행과 적막으로부터 너희들을 구해줄 것이냐? 외할머니일 것이냐? 혹은 친할아버지일 것이냐? 혹은 이 글을 쓰고 있는 너희들의 단 하나뿐인 아빠인 나일 것이냐? 이 불행으로부터 너희들을 건져낼 수 있는 사람은 오직 너희 자신뿐이다.

인생의 적막은 반드시 죽음으로만 오는 것은 아니다. 죽음이 무엇보다도 큰 적막임은 틀림없다. 하지만 인생이라는 큰 적막에 비하면 극히 적은 것에 지나지 않는다. 이 사실을 비로소 알게 되었을 때 너희는 적막과 불행으로부터 빠져나올 수 있으리라. 그리고 지금 내가 하는 말의 뜻도 알게 될 것이다.

우리 앞에 닥쳐오는 적막을 회피해서는 안 된다. 그 술잔이 반드시 마셔야 할 술잔이라면 조금도 두려움 없이 그것을 마셔버려야 한다. 그리고 적막의 껍질이 아닌 그 진실한 속을 맛봐야 한다. 그래야만 더는 적막 속에서 헤매서는 안 된다는 사실을 깨닫게 될 것이다.

삶을 진실하게 바라봤을 때 인생의 길 역시 명확해진다. 그런 삶을 살아야 한다. 그러는 동안 죽은 엄마 역시 너희들 속에서 다시 깨어날 것이며, 그때쯤이면 죽었을지, 폐물이 되어 있을지 혹은 무용지물이 되어 있을지도 모를 나 역시 너희들 속에 훌륭하게 살아 있을 것이다.

아, 사랑하는 나의 딸들이여!

지금은 아무것도 알지 못하는 나의 어린 딸들이여!

아빠는 너희들을 너무도 사랑한다. 엄마 역시 너희들을 한없이 사랑했다. 하지만 우리들의 사랑은 너희들을 결코 우리 가정 안에다 잡아두는 편벽된 사랑은 아니었다.

우리들의 사랑에 대한 너희들의 보수는 장차 너희들이 살아갈 사회적 환경에 따라서 결정될 것이다. 따라서 무엇이 엄마 아빠에 대한 진실한 효도인지는 그때 가서 더욱 명백해질 것이다.

너희는 우리의 사랑에 결코 희생되어서는 안 된다. 이는 잘못된 것이기 때문이다. 하지만 나는 엄마의 나에 대한 사랑을 엄마의 희생으로 돌리고 말았다.

아, 이 일을 어떻게 할 것인가? 남녀의 동권을 이론적으로 주장하던 나는 완강한 마음을 버리지 못해 너희 엄마에게 난폭한 언행을 취하고 말았다. 그래서일까. 그 후 나는 한없이 적막했다. 그것조차 해결하지 못했던 내가 과연 무슨 큰일을 할 수 있겠느냐. 그러고 보면 나는 엄마가 내게 준 사랑과 힘을 전혀 이용하지 못할 만큼 어리석고 무능력한 인간이었다.

엄마의 죽음으로 인해 나는 다시금 막막한 인생의 광활한 무대 위에서 너희들의 손을 이끌고 나서지 않으면 안 된다. 그래, 너희들은 나와 함께 걸어나가야 한다. 용감하게 전진하자꾸나. 앞이 전혀 보이지 않을 때는 함께 길을 찾고, 너희들이 길을 헤맬 때는 내가 너희들을 팔을 잡아 이끌 테니, 조금도 머뭇거림 없이 용감하게 걸어나가자.

그러나 나의 불쌍하고 어린 딸들이여!

만일 이 무능력한 아빠가 너희들의 전진에 둘도 없는 장애가 된다면 과감하게 나의 손을 뿌리치고 달아나라. 그러다가 만일 내가 다시 기운을 내어 쫓아오거든 너희들의 대오 속에 나를 넣어주려무나. 하지만 나를 생각하는 마음에 결코 걸음을 멈추거나 뒤돌아봐서는 안 된다. 나는 장애물일 뿐이니, 나를 떨치고 과감하게 전진해야 한다.

성천(成川)에서 아빠가

-1934년〈우리들〉

＊ 김남천

시인 임화와 함께 카프의 주역으로 활동했던 그는 현장성 강한 운동으로 제1차 카프 검거 때 1931년 8월 2년의 실형을 선고받는다. 이후 1933년 병보석으로 출옥했지만 두 딸을 남겨둔 채 아내가 스물넷이라는 어린 나이에 죽고 만다. 이 편지는 엄마의 죽음조차 모르는 어린 두 딸이 엄마를 잊지 않고 기억해줬으면 하는 바람에서 편지글 형식으로 쓴 산문이다.

남동생 김운경에게

|

이 상 | 남동생 김운경에게 보낸 편지

　어제 동림(이상의 아내 변동림)이 편지로 비로소 네가 취직되었다는 소식 듣고 어찌나 반가웠는지 모르겠다. 이곳에 와서 나는 하루도 마음이 편한 날 없이 집안 걱정을 하여 왔다. 울화가 치미는 때는 너에게 불쾌한 편지도 썼다. 그러나 이제는 마음을 놓겠다. 불민(不敏, 어리석고 재빠르지 못함)한 형이다. 인자(人子, 사람의 아들)의 도리를 못 밟는 이 형이다. 그러나 나는 가정보다도 하여야 할 일이 있다. 아무쪼록 늙으신 어머님 아버님을 너의 정성으로 위로하여 드려라. 내 자세한 글, 너에게만은 부디 들려주고 싶은 자세한 말은 2, 3일 내로 다시 쓰겠다.

－1937년 2월 8일

＊ 김운경
이상에게는 남동생 김운경과 누이동생 김옥희가 있다. 그중 《해방공간》 통신사 기자로 알려진 김운경은 1950년 6 · 25 직후 납북, 혹은 월북했다는 설이 있다. 이 편지는 이상이 살아생전 고국에 보낸 마지막 편지로 두 달 후인 1937년 4월 동경제대 부속병원에서 숨을 거두었다.

사람을 쓰다
그리다
그리워하다

누이동생 김옥희에게

이 상 | 누이동생 김옥희에게 쓴 편지

—세상 오빠들도 보시오

8월 초하룻날 밤차로 너와 네 애인은 떠나는 것처럼 나한테 그래 놓고, 기실 이튿날 아침 차로 가버렸다.

내가 아무리 이 사회에서, 또 우리 가정에서 어른 노릇을 못하는 변변치 못한 인간이기로서니 그래도 너희들보다야 어른이다.

"우리 둘이 떨어지기 어렵소이다."

하고, 내게 그야말로 강담판(強談判, 강하게 옳고 그름을 판단함)을 했다면, 난들 또 어쩌랴. 암만,

"못한다."

고, 딱 거절했던 일이라도 어머니나 아버지 몰래 너희 둘을 안동(眼同, 사람을 데리고 함께 가거나 물건을 지니고 감)시켜서 쾌히 전송(餞送, 서운하여 잔치를 베풀고 보낸다는 뜻으로, 예를 갖추어 떠나보냄을 이르

는 말)할 만큼 내 딴에는 이해도, 아량도 있다.

그런데 나까지 속였다는 데서, 네 장래의 행복 이외는 아무것도 생각하지 않은 네 큰오빠로서 꽤 서운히 생각한다.

예정대로 K가 8월 초하루 밤 북행차로 떠난다고, 그것을 일러주려 초하룻날 아침, 너와 K 둘이서 나를 찾아왔다. 요전 날 너희 둘이 의논 차 내게 왔을 때 말한 바와 같이 K만 떠나고, 옥희 너는 나와 함께 K를 전송하기로 했다. 또 일의 순서상 그렇게 하는 것이 옳지 않았더냐?

그것을 너는 어찌 그렇게 천연스러운 얼굴로,

"그럼, 오빠! 이따가 정거장에 나오세요."

"암! 나가고말고. 이따 거기서 만나자꾸나."

하고 헤어질 수 있느냐?

그게 사실은 내가 너희들을 전송한 모양이 되었고, 또 너희 둘로서 말하면 너희들끼리는 미리 그렇게 짜고 내게 작별을 한 모양이 되었다.

나는 고지식하게도 밤에 차 시간에 맞춰 비가 오는데도 정거장까지 나갔겠다.

하지만 속으로 미리미리 꺼림칙이 여겨 오기를,

'요것들이 필시 내 앞에서 뻔지르르하게 대답해놓고 뒤꽁무니로는 딴 궁리를 차렸지!'

했더니, 아니나 다를까 개찰도 아직 안 했는데, 어째 너희 둘이 보이지 않더라. '이것 필시!' 하면서도 끝까지 기다려 봤지만, 끝까지 너희 둘은 보이지 않고 말았다.

나는 그냥 입맛을 쩍쩍 다시고 집으로 돌아왔다. 그리고는 '아마 K의 양복 세탁이 어쩌고저쩌고하더니, 그래서 차 시간을 못 댄 게지. 좌우간에 곧 무슨 통지가 있으렷다.' 라고 생각하며 기다렸다.

못 갔으면 이튿날 아침에 반드시 내게 무슨 통지고 통지가 있어야 할 터인데, 역시 잠잠했다. 허허, 하고 나는 주춤주춤하다가 동경서 온 친구들과 그만 석양(夕陽, 해 질 무렵) 때부터 밤새도록 술을 마시고 말았다.

물론 옥희, 네 얼굴 대신에 한 통의 전보가 왔다.

'옥희와 함께 왔으니 근심하지 말라.'는 K의 독백이더구나.

나는 전보를 받아들고 차라리 회심의 미소를 금할 수 없었다. 너희들의 그런 이도(利刀, 날이 날카롭고 썩 잘 드는 칼)가 물을 베는 듯한 용단을 쾌히(유쾌하게) 여긴다.

옥희야! 내게만은 아무런 불안한 생각도 하지 마라! 다만, 청천벽력처럼 너를 잃어버리신 어머니 아버지께는 마음으로 '잘못했습니다! 라고 사죄하여라.

나 역시 집을 나가야겠다. 열두 해 전, 중학을 졸업하던 열여섯 살 때부터 오늘까지 이 허망한 욕심은 변함이 없다.

작은 오빠는 어디로 또 갔는지 들어오지 않는다.

너는 국경을 넘어 지금은 이역(異域)의 인(人)이다.

우리 3남매는 모조리 어버이 공경할 줄 모르는 불효자식들이다.

그러나 우리는 이것을 그르다고 생각하지 않는다.

갔다 와야 한다. 비록 갔다가 못 돌아오는 한이 있더라도 가야 한다.

너는 너 자신을 위해서도 또 네 애인을 위해서도 옳은 일을 하였다.

열두 해를 두고 벼렸건만, 남의 맏자식 된 은애(恩愛, 부모와 자식 간의 애정)의 정에 이끌려선지, 내 위인이 변변치 못해서인지, 지금껏 이 땅에 머물러 굴욕의 조석(朝夕)을 송영(送迎, 가는 사람을 보내고 오는 사람을 맞음)하는 내가 차라리 부끄럽기 짝이 없다.

너희들의 연애는 물론 내게만은 양해된 바 있었다. K가 그 인물에 비겨서 지금 불우의 신상이라는 것도 나는 잘 알고 있다.

다행히 K는 밥걱정은 안 해도 좋은 집안에서 태어났다. 그렇다고 밥이나 먹고 지내면 그만이지 하는 인간은 아니더라.

K가 내게 말한바, K의 이상(理想)이라는 것을 나는 비판하지 않는다. 그것도 인생의 한 방도리라. 다만, 그것이 어디까지나 굴욕에서 벗어나려는 일념이니, 그렇다는 이유만으로도 나는 인정해야 하리라.

나는 차라리 그가 나처럼 남의 맏자식임에도 불구하고 집을 사뭇 떠나겠다는 술회(述懷, 마음속에 품고 있는 여러 가지 생각)에 찬성했느니라.

허허벌판에 쓰러져 까마귀밥이 될지언정 이상에 살고 싶구나. 그래서 K의 말대로 3년만 가 있다가 오라고 권하다시피 한 것이다.

하지만 3년, 3년이라는 세월은 이상의 두 사람으로서는 좀 긴 것 같은 생각이 들더라. 그래서 옥희, 너는 어떻게 하고 가야 하나 하는 문제가 나왔을 때 나는—너희 두 사람의 교제도 1년이나 가까워져 오니 그만하면 충분히 서로를 알았으리라. 그놈이 재상 재목이면 뭐하겠느냐? 네 눈에 안 들면 쓸 곳이 없느니라. 그러니 내가 어쭙잖게 주둥이를 디밀어 이러 쿵저러쿵할 계제(階梯, 어떤 일을 할 수 있게 된 형편이나 기회)가 못 되지만—나는 나 유(流)로 그저 이러는 것이 어떻겠냐는 정도로, 또 그래도 네 혈족의 한 사람으로서 잠자코만 있을 수도 없고 해서, "3년은 너무 기니, 우선 3년 작정하고 가서 한 1년 있자면 웬만큼 생활의 터는 잡히리라. 그러거든 돌아와서 간단히 결혼식을 하고 데려가는 것이 어떠냐. 지금 이대로 결혼식을 해도 좋기는 하겠지만, 그것은 어쩨 결혼식을 위한 결혼식인 것 같다. 결혼식 같은 것은 나야 그저 우습게 알았다. 하지만 어머니 아버지도 계시고, 사람들의 눈도 있고 하니, 그저 그까짓 일로 남의 조소를 받을 것도 없는 일이오."

이만큼 하고 나서 나는 K와 너에게 번갈아가며 또 의사를 물었다.

K는 내 말대로 그렇게 하겠단다. 내년 봄에는 꼭 돌아와서 남 보기 흉하지 않은 정도로 결혼식을 한 다음 데려가겠다는 것이다.

그러나 네 말은 이와 달랐다. 즉, 결혼식 같은 것은 언제 해도 좋으니 같이 나서겠다는 것이다. 살아도 같이 살고, 죽어도 같이 죽고 해야지, 타역(他域)에 가서 어떻게 될지도 모르는 것을 그냥 입을 딱 벌리고, 돌아와서 데려가기만을 기다릴 수는 없단다. 더욱이 남자의 마음을 믿기도 어렵고. 우물 안 개구리처럼 자란 자신이 고생 한번 해 보는 것도 좋지 않으냐는 네 결의였다.

아직은 이 사회가 남자 기준이다. 즐거울 때 같이 즐기기에 여자는 좋다. 그러나 고생살이에 여자는 자칫하면 남자를 결박하는 포승 노릇을 하기 쉬우니라. 그래서 어느 정도 자리가 잡힐 때까지 K 혼자 내버려 두라고 거듭 충고할 수밖에 없었다. 그랬더니 너도 그제야 OK의 빛을 보이고 할 수 없이 승낙하였다. 그리고 나는 네가 보는 데서 K에게 굳게굳게 여러 가지 다짐을 받아 두었건만…….

이제 와서 알았다. 너희 두 사람의 애정에 내 충고가 끼어들 백지 두께의 틈바구니도 없었다는 것을 말이다.

내가 조숙한 데 비해, 너는 3남매의 막내둥이로 응석으로 자라느라고, 말하자면 '만숙(晩熟, 늦됨)'이었다. 학교 다닐 때 선생님께 이끌려 인천이나 개성을 가본 것 이외에 너는 집 밖으로 십 리를 모른다. 그런 네가 지금 국경을 넘어서 가 있다고 생각하면 정신이 번쩍 난다. 어린애로만 생각하던 네가 어느 틈에 그런 엄청난 어른이 되었누.

부모들도 제 딸들을 옛날 당신네들이 자라나던 시절 대하듯 했다가는 엉뚱하게 혼이 날 시대가 왔다. 오빠들 역시 어림없이 동생을 허명무실하게 취급했다가는 코 떼일 시대다. 나는 그렇게 느꼈다.

나는 망치로 골통을 얻어맞은 것처럼 어찔어찔한 가운데서도 네가 집을 나가지 않으면 안 된 이유를 생각해본다.

첫째, 너는 네 애인의 전부를 독점해야겠다는 생각이겠으니, 이것이야말로 인력으로 좌우되는 일도 아니고, 어쩔 수도 없는 일이다.

둘째, 부모님이 너희들의 연애를 쾌히 인정하려 들지 않은 까닭이다. 제 자식들의 연애가 정당했을 때 부모는 그 연애를 인정해주어야 할 뿐 아니라 그 연애를 좋게 지도할 의무가 있을 터인데……. 불행히 우리 어머니 아버지는 늙으셔서 그러실 줄을 모르신다. 또 네게는 이런 부모를 설복(說伏, 알아듣도록 말하여 수긍하게 함)할 마음의 여유가 없었다. 그냥 행동으로 보여주는 밖에.

셋째, 너는 확실치 못하나마 생활이라는 인식을 갖고 있다. '여자에게도 직업이 있어서 경제적으로 언제든지 독립할 수 있는 실력이 있어야만 한다.'는 것이 부모님 마음에는 들지 않았을 것이다. '돈 버는 것도 좋지만, 계집애 몸 망치기 쉬우니라.'는 것이 부모님의 말씀이시다.

너 혼자 힘으로는 아무래서 여기서 취직이 안 되니, 경도(京都, 일본 교토)에서 여공 노릇을 하는 동무에게 편지를 하여 거기로 가서 같이 여공이 되려고 한 일이 있었지.

그냥 살자니 우리 집은 네 양말 한 켤레 마음대로 사줄 수 없을 만큼 가난하다. 이것은 네 큰오빠인 내가 네게 다시없이 부끄러운 일이다만…… 그러나 네가 한 번도 나를 원망한 일이 없음을 나는 고맙게 생각한다.

그런 너다. K의 포승이 되기는커녕 족히 너는 너대로 활동하면서 K를 도우리라고 나는 믿는다.

이왕 나갔으니, 집의 일에 연연하지 말고, 너희들의 부끄럽지 않은 성공을 향해 전심을 써라. 3년 아니라 10년이라도 좋다. 그러나 패잔(실패)했거든 그 벌판에서 개밥이 되더라도 다시는 고토(故土, 고향 땅)를 밟을 생각은 하지 마라.

나도 한번은 나가야겠다. 이 흙을 굳게 지켜야 할 것도 잘 안다. 그러나 지켜야 할 직책과 나가야 할 직책은 스스로 다를 줄 안다.

네가 나갔고, 작은 오빠도 나가고, 또 내가 나가 버린다면 늙으신 부모는 누가 지키느냐고? 염려 마라. 그것은 맏이인 내 일이니 내가 어떻게라도 하마. 해서 안 되면…… 혁혁한 장래를 위해 불행한 과거가 희생되었달 뿐이겠다.

너희들이 국경을 넘던 밤, 나는 주석(酒席, 술자리)에서 올림픽 보도를 듣고 있었다.

우리는 이대로 썩어서는 안 된다. 당당히 그들과 열(列, 나란히 함)하여 똑똑하게 살아야 하지 않겠느냐?

정신 차려라!

신당리 버터고개 밑 오동나뭇골 빈민굴에는 송장이 다 된 할머님과 자유롭게 기동조차 못 하는 아버지, 50평생을 고생으로 늙어 쭈그러진 어머니가 계신다.

네 전보를 보고 그분들은 우시었다. 너는 날이면 날마다 그 먼 길을 문(門) 안으로 내게 왔다. 와서 그날의 양식거리를 타갔다. 하지만 이제 누가 다니겠니?

어머니는,

"내가 말(馬)을 잊어버렸구나. 이거 허전해서 어디 살겠니." 라고 하시더라.

할 수 없이 그날부터 내가 다 떨어진 구두를 찍찍 끌고 말 노릇을 하는 중이다.

이런 것 저런 것을 비판 못 하시는 부모는 그저 별안간 네가 없어졌대서 눈물이 비 오듯 하시더라.

그것을 내가,

"아, 왜들 이리 야단이십니까? 아, 죽어 나갔단 말입니까?"

이렇게 큰소리를 해가면서 겨우 무마시켰다. 그러나 나 역시 한 3년은 너를 볼 수 없겠다고 생각하니 갑자기 네가 그리웠다. 형제의 우애는 떨어져 봐야 아는 것인가 보다.

한 3년 나도 공부하마. 그래서 이 노멀(Nomal)하지 못한 생활의 굴욕에서 탈출해야겠다. 그때 서로 활발한 낯으로 만나자꾸나.

너도 아무쪼록 성공해서 하루라도 속히 고향으로 돌아오너라.

그야 너는 여자니까 아무 때 나가도 우리 집안에서 나가기는 해야 할 사람이지만, 일이 너무 그렇게 급하게 되어서 어머니 아버지께서 놀라셨다뿐이지, 나야 어떻겠니.

하여간 이번 너의 일 때문에 내가 깨달은 바가 많다. 나도 정신 차리마.

하지만 원체 네가 포류지질(蒲柳之質, 갯버들 같은 체질이라는 뜻으로, 갯버들의 나뭇잎이 가을이 되자마자 떨어지는 데서, 사람의 체질이 허약하거나 나이보다 일찍 노쇠함을 비유적으로 이르는 말)인 까닭에 대륙의 혹독한 기후에 족히 견뎌 낼지 근심스럽구나. 항상 몸조심하는 걸 잊어서는 안 된다. 우리 같은 가난한 계급은 이 몸뚱이 하나가 유일 최종의 자산이니라.

편지하여라.

이해 없는 세상에서 나만은 언제라도 네 편인 것을 잊지 마라. 세상은 넓다. 너를 놀라게 할 일도 많겠거니와 또 배울 것도 많으리라.

이 글이 실리거든 《중앙》 한 권 사서 보내 주마. K와 같이 읽고 이 큰오빠 이야기를 더 잘하여두어라.

축복한다.

내가 화가를 꿈꾸던 시절 하루 5전 받고 모델 노릇 하여준 옥희, 방탕 불효 한 이 큰오빠의 단 한 명밖에 없는 이해자인 옥희, 어느덧 어른이 되어서 그 애인과 함께 만리 이역 사람이 된 옥희, 네 장래를 축복한다.

이틀이나 걸려서 이 글을 썼다. 두서를 잡기 어려울 줄 알지만, 너 같은 동생을 가진 세상의 여러 오빠에게도 이 글을 읽히고 싶은 마음에 감히 발표한다. 내 충정만을 사다오.

—닷샛날 아침, 너를 사랑하는 큰오빠 쓴다.

- 1936년 9월 《중앙》

* **김옥희**

이상의 누이동생. 이 편지는 1936년 8월 2일 집을 나가 애인과 야반도주 한 여동생이 걱정되어 이상이 신문에 기고한 것이다.

사랑을 쓰다

그리다

그리워하다

봉자, 보아라

박용철 | 여동생 박봉자에게 보낸 편지

네 글은 받아 읽었다. 네가 생각하고 있는 것도 대강 엿볼 수 있었고, 내 글 쓴 것도 전보다는 얼마간 나아진 것 같다. 나는 이것을 그대로 고치기가 어려워 새판으로 만들었다. 될 수 있는 대로 너의 본뜻을 상하지 않게 하였으나 네가 애써 만들어 쓴 말이라든지 수사(修辭, 말이나 글을 다듬고 꾸며서 더욱 아름답고, 정연하게 하는 일)는 다 달아나고 줄거리만 남았다. 결국, 너의 소녀시대에 있는 감격성이 모두 사라졌다. 이것은 아까운 일이다만 내가 고쳐 지으면 피할 수 없는 일이다. 정 아까우면 네 글 한 토막을 내가 지은 끝에다 붙여 달아도 무방하겠다.

자세한 이야기는 학교로 가서 보고 말하겠지만, 너는 행복이란 말을 일부러 피한 것처럼 보인다. 물론 사람은 마땅히, 더욱이 이 시대에 태어난 우리로서는 저 자신의 행복만을 위하여 살아서는 안 될 것이다. 그러나 민족이나 나라만을 위하여 헌신하기도 어려운 일이다. 그것이 한 비상시기, 가령 전쟁이나 민족적 격렬한 투쟁기에 있어서는 불가능한 일은 아니겠지만 길게 두고 개인 생활에 낙(즐거움, 기쁨)이 없으면 전 생활의 추진력을 잃어버리고 정체에 빠져 아무 일도 못 하는 위험에 빠질 것이다. (여기 열외가 없는 것은 아니다) 작문 말단(末段, 문장 등의 끝부분)은 이상의 의미로 내가 집어넣은 것이다. 잘 생각해 보아라.

일기(日氣, 날씨)도 추워지고, 서울에서 지낼 별 재미도 없음으로써 (월말에나) 집에 가서 겨울이나 지내고 올까 한다. 이번 토요일에는 나오겠지. (그 안에 만나보겠지만) 둘이 사진을 하나 찍을까 하니 그리 준비를 하여라. 될 수 있으면 검정 옷으로.

늦어, 미안하다.

11월 23일 오빠 書

– 1930년대 경으로 추정

* 박봉자

이화여전을 나온 신여성으로 《여성지》 등에 글을 발표하기도 했다. 소설가 김유정이 짝사랑했던 여인 중 한 명으로 동아일보 기자를 지냈으며, 평론가 김환태의 부인이기도 하다.

사랑하는 나의 정숙에게

박인환 | 아내 이정숙에게 보낸 편지

　오늘 밤, 나는 당신에게 또다시 붓을 들었습니다.

　사실 오늘처럼 우울했던 날도 없었습니다. 당신을 대구에 두고, 나 혼자 부산 거리(당신도 이 거리를 나와 함께 걸은 일이 있겠지만)를 헤매는 것이 무척 슬펐습니다.

　나는 행운을 지닌 사람인데도 어째서 이다지도 쓸쓸한 것일까요? 혼자 와서 우울한 게 어디 있냐며 아무리 자문자답 해봐도 마음이 영 풀리지 않았습니다. 당신과 떨어져 있는 것이 한없이 서러울 뿐입니다.

　당신이 있는 곳에서 나는 살고 죽어야 합니다. 당신이 지금 내 옆에 없으니 울고 싶고 죽을 것만 같습니다.

　방이 뭐냐? 돈이 뭐야?

　나는 당신이 있는 곳이 한없이 그리울 뿐입니다.

　당신은 그런 나를 욕하십시오, 미워하십시오. 당신이 할 수 있는 모든 언어를 통해 나를 꾸짖어주십시오. 나는 기꺼이 반갑게 받아들이겠습니다.

당신이 내 곁에서 떨어진 것이 아니라, 내가 당신 옆에서 떠난 것만 같습니다. 하지만 여전히 당신의 품 안에서 울고 있는 것만 같습니다. 도대체 사는 것이 뭐기에. 나만 혼자서 이렇게 바닷바람을 마시고 있는지.

아! 용서하시오. 나는 너무도 무기력한 사람이 되고 말았습니다. 용기는 옛날에 모두 팔아버렸지요. 울고 웃으며, 나는 이렇게 허무하게 세상을 살고 싶지 않습니다. 지금 죽어도 좋으니, 웃음의 친구도, 울음의 친구도 되고 싶지 않습니다. 오직 우울할 뿐입니다.

절망입니다. 처자를 시골에 내던지고 죄인처럼 썩은 바다의 도시를 헤매고 있습니다. 아, 불행한 것이 나 혼자만은 아니겠지요?

사랑하는 나의 정숙!

나는 지금 당신의 무릎을 껴안고 온 힘을 다해 당신의 목을 끌어안고 싶습니다. 당신 없이는 죽을 수도 없습니다.

술 한 잔 먹지 않고 멀쩡한 정신으로 지금 미친놈처럼 나의, 나 혼자만의 독백을 붓이 움직이는 대로 솔직하게 쓰고 있습니다.

당신과 함께 영원히 지낼 수 있도록 하나님에게 기도합니다. 우리 가족이 함께 모여 살 수 있도록 나의 모든 정열에 바라고 있습니다.

사랑합니다, 사랑합니다.

돈이 없어 죽겠습니다. 하지만 사랑은 돈이 아닙니다. 이것은 나의 무한한 유일의 재산이며, 영원한 당신의 것입니다.

사랑을 쓰다
그리다
그리워하다

안녕히 주무십시오. 14일 아침 대구에 떨어집니다.

박인환, 12일 밤

— 1982년 추모 문집 《세월이 가면》

* **박인환**

박인환은 종로에서 '마리서사'라는 서점을 운영하던 1948년 진명여고 졸업 후 여성잡지사 기자였던 이정숙과 결혼했다. 그의 아내와 가족에 대한 사랑은 너무도 애틋한 것으로 유명하다. 이에 가족과 떨어져 있는 동안 수많은 편지로 서로의 마음과 안부를 전했다. 하지만 아내에게 편지를 쓰면서 꼭 존칭을 사용했다.

사랑하는 아내에게

|

박인환 | 아내와 아이들에게 보낸 편지

그날 무사히 도착하였습니다. 그리고 지금까지 아무 변동 없이 지내고 있습니다.

······ (중략) ······

세화가 아프다니 걱정입니다. 우선, 음식 조심시켜야 합니다. 당신의 책임은 어린애들을 잘 기르는 것입니다.

아프다는 세화가 불쌍합니다. 그 귀여운 얼굴로 몸이 아파서 찡얼거리며 '아빠, 아빠'하고 나를 부르고 있을 것이니 더욱 귀엽고, 애절합니다.

세화가 빨리 건강해지도록 오늘 저녁 자기 전에 하나님에게 기도 올리겠습니다. 세화에게 전해주시오.

세화야, 아빠는 네가 보고 싶다. 참으로 귀여운 세화야, 아빠는 네 곁에 있어야 할 것인데, 가족이 무엇인지 나보다도 우리 가족을 위해 지금 너

사랑을 쓰다
그리다
그리워하다

와 떨어져 있단다.

　세화야, 세형이 오빠하고 즐겁게 놀도록 빨리 회복해라. 할머니가 너무 먹을 것을 많이 주더라도 먹지 말고, 몸조심해라.

　아빠는 네가 몹시 아프다는 말을 듣고 손에 아무 맥이 없다. 그리고 눈물이 난단다.

　너, 내 사랑하는 딸 세화야, 빨리 나아라. 그리고 어머니 걱정시키지 마라. 세형이 오빠하고 잘 놀아라. 아빠가 빨리 집에 갈 것이니, 우리 다 함께 즐겁게 만나자.

　세화 생각을 하니 또한 세형이 모습이 오고 갑니다. 그놈은 요즘 무엇을 하고 있습니까? 길가에 나가지 못하게 하시고, 직접 전해주시오.

　세형, 길가에 나가지 말고 집에서 엄마하고 있어라, 응.
　…… (하략) ……

- 1982년 추모 문집 《세월이 가면》

정숙, 사랑하는 아내에게

박인환 | 아내 이정숙에게 보낸 편지

|

신문 편에 보낸 편지 받으셨습니까?

부산에서 나는 언제나 당신이 어린애들을 데리고 넉넉지도 못한 경제적 박해와 싸우면서 미래만은 꼭 행복할 것이라는 막연한 희망만으로 살아가고 있다는 것을 생각하니, 더욱 당신이 측은하고 그리워집니다. 행복을 위해 살아가는 것이 남의 부인이 된 당신일 것이라고는 또한 믿어지지 않습니다.

우리 두 사람이 어린애들을 사이에 두고 사랑하고 있다면 현재나 미래가 비참의 연속이라 해도 무엇이 두렵겠습니까?

나는 이렇게 믿습니다.

더욱 비참하여라. 이것을 이겨나가는 것이 우리의 생활이며, 또한 진실한 행복이라고.

18만 원의 월급 때문에 처와 별거하며, 이곳에 와서 돌아다니는 것이 아닙니다.

부부생활이 이해와 사랑으로 결속된 이상, 나는 사회인으로서도 결함이 없도록 진력하여야 한다고 생각하고 있으며, 당신도 나의 성격을 그동안—이것은 비가 많이 내리던 1947년 7월 하순부터—알았을 것이므로 지극히 협조자라고 자신 있게 믿어지고 있습니다.

나는 지금 좋은 일을 하고 있다고 생각합니다(처자와 떨어져 있는 것은 나쁜 일이지만). 우선 신문사 일을 열심히 보고, 또는 문학 지망자라는 견지(見地, 어떤 사물을 판단하거나 관찰하는 입장)에서 남들은 나 같은 놈을 시인이라고 합니다만…… 사물의 판단과 남이 하고 있지 않은 새로운 것에 대한 정신적 의욕의 충만에 노력도 합니다. 그리고 끝으로는 이순용 장관을 위해 최후까지 같이 할까 합니다. 내려오던 날 밤(17일), 그다음 다음날(19일), 오늘 밤(21일), 세 번 만나고 있는데 3, 4일간의 대화가 의견의 일치를 보고 있습니다.

그분은 당신의 삼촌이라기보다 내가 존경하는 분입니다. 훌륭합니다. 태연자약합니다. '모든 것'이 호전 중입니다. 걱정하지 마십시오. 신은 그를 버리지 않았습니다. 나는 그분을 위해 스스로 일하고 있다고는 생각지 않고, 남에게도 절대 그러한 것을 나타내지 않으나 장관은 내게 감사하고 있습니다. 한국에서 최초와 최후를 겸한 분입니다. 앞으로 2개월 후, 늦어도 2개월 반이면 좋은 소식이 있을 것입니다.

진리는 그의 뒤를 따르고, 그는 인간으로서 가장 성실한 분입니다. 당신은 좋은 삼촌을 두었고, 나는 그를 1948년에 알게 된 데 대해 당신께 감사드립니다. 체신부 장관은 얼마 하지 않을 것이며, 다른 곳으로 가게 될 것입니다. 누가 뭐라고 모략하더라도 귀를 기울이지 말고 믿으십시오.

돈도 없을 것이고…… 걱정이 됩니다. 스웨터는 2만 5,000원을 보았습니다. 다른 것을 사려고 돌아다녀도 좋은 것이 없어서 큰일입니다. 정 없으면 돈을 보내겠습니다. 명일(23일) 아버지가 이곳에서 6시 반에 출발하여 10시에는 대구에 내릴 것이니, 그때까지는 어떻게 합시다.

요즘 잠은 장관 댁에 자고 있습니다. 내 일은 모든 것이 순조로우니 걱정하지 마시오. 한편 '공짜' 방(房)도 구하는 중이고, 가능성도 불일(不日, 며칠 걸리지 아니한 동안) 내로 있을 것입니다. 내 걱정하지 말고 잘 있으시오. 많은 키스, 키스 보냅니다.

정 씨 부처가 신문사에 찾아와 만났습니다. 당신이 26, 27일까지는 꼭 올라오라고 한다는 말 듣고 명심하고 있습니다. 당신의 장구한 건강과 세형, 세화의 충실한 발육이 있기를 빕니다.

김기○ 씨가 이번 부인과 함께 살게 되었습니다.

아카데미 아주머니 류 여사에게 안부 전하시고 친하게 지내시오. 다방에 너무 오래 있지 마시오.

- 1982년 추모 문집 《세월이 가면》

사람을 쓰다
그리다
그리워하다

2장 당신의 우정에 감사하오

살아야겠어서, 다시 살아야겠어서, 저는 이곳으로 왔습니다. 당분간은 모든 죄와 악을 의식적으로 뭉개버리는 도리 외에는 길이 없습니다. 친구, 가정, 소주, 그리고 치사스러운 의리 때문에 서울로 돌아가지 못하겠습니다.

여러 가지를 생각하고 있습니다. 그러나 어떻게 하면 좋을지 전혀 모르겠습니다. 그래서 당분간은 고난과 싸우면서 생각하는 생활을 할 수밖에 없습니다. 한 편의 작품을 못 쓰는 한이 있더라도, 아니, 말라비틀어져서 아사(餓死, 굶어 죽음)하는 한이 있더라도, 저는 지금의 자세를 포기하지 않겠습니다.

김기림에게 · 1

이　상 | 시인 김기림에게 보낸 편지

　기림 형.

　인천에 가 있다가 어제 왔소. 해변에도 우울밖에는 없더이다. 어디를
가나 이 영혼은 즐거워할 줄 모르니 딱하구려! 형은 전원도 우리들의 병
원은 아니라고 했지만, 바다 또한 우리들의 약국은 아닙니다.

　독서하오? 나는 독서도 안 되오. 여태껏 가족들에게 대한 은애(恩愛, 은
혜와 사랑)의 정을 차마 떼기 어려워 집을 나가지 못하였지만, 이번에 내
아우가 직업을 얻은 것을 기회로 동경에 가서 고생살이 좀 해볼 작정이
오. 아직 확실하진 않지만 9월 중으로는 어쩌면 출발할 수 있을 것 같소.

　형, 도동(渡東, 일본으로 건너감)하는 길에 서울에 들러 부디 좀 만납
시다. 할 이야기도 많고, 이 일 저 일 의논도 좀 하고 싶소.

　고황(膏肓, 심장과 횡격막의 사이. 고는 심장의 아랫부분이고, 황은
횡격막의 윗부분으로, 이 사이에 병이 생기면 낫기 어렵다고 한다)에 든

이 문학병을…… 이 익애(溺愛, 흠뻑 빠져 지나치게 사랑하거나 귀여워함)의, 이 도취의…… 이 굴레를 제발 좀 벗고 표연(홀쩍 나타나거나 떠나는 모양이 거침없는)할 수 있는 제법 근량 나가는 인간이 되고 싶소. 여기 같은 환경에서는 자기 부패작용을 일으켜서 그대로 연화(煙化, 연기가 되어 사라짐)할 것만 같소. 동경이라는 곳 역시 나를 매질할 빈고가 있을 뿐인 것을 너무 잘 알고 있지만 컨디션이 필요하단 말이오. 컨디션, 사표(師表), 시야, 아니 안계(眼界), 구속…… 어째 적당한 단어를 찾을 수 없구려!

태원(소설가 박태원)은 어쩌다나 만나오. 하지만 세대고(世帶苦, 생활고) 때문에 활갯짓이 잘 안 되나 봅디다. 지용(시인 정지용)은 한 번도 못 만났소.

세상 사람들이 다 제각기의 흥분, 도취에서 사는 판이니까 타인의 용훼(容喙, 간섭하여 말참견을 함)는 불허하나 봅디다. 즉 연애, 여행, 시, 횡재, 명성―이렇게 제 것만이 세상에 제일인 줄들 아나 봅디다.

자, 기림 형은 나하고나 악수합시다, 하하.

부디, 편지 주기 바라오. 그리고 일본 가기 전에 꼭 좀 만나기로 합시다. 굿바이.

―1935년 9월 초순

＊ 김기림

시인·문학평론가. 한국 모더니즘을 대표하는 시인으로 주지주의 문학을 소개하는 데 앞장섰다. 특히 이상, 백석, 정지용 등은 그의 평론으로 인해 이름을 널리 알리게 되었으며, 그중 이상과는 사이가 각별했던 것으로 알려져 있다.

사람을 쓰다
그리다
그리워하다

김기림에게 · 2

이 상｜일본 유학 중이던 시인 김기림에게 보낸 편지

기림 형.

형의 그 구부러진 못과 같은 글자로 된 글을 땀을 흘리면서 읽었소이다.

무사히 착석(着席, 내려앉음)하였다니 내 기억 속에 '김기림'이라는 공석이 하나 결정적으로 생겼나 보이다.

구인회(九人會, 1933년 서울에서 조직되었던 문학단체. 이종명과 김유영의 발기로 이효석·이무영·유치진·이태준·조용만·김기림·정지용 등 9인이 결성. 그러나 얼마 후 이종명·김유영·이효석이 탈퇴하고, 박태원·이상·박팔양이 가입하였으며, 다시 유치진·조용만 대신에 김유정·김환태로 교체되어, 항상 9명의 회원을 유지하였다)는 그후로 모이지 않았소이다. 그러나 형의 안착(安着)은 아마 그럭저럭 다들 아나 봅디다.

사실 나는 형의 웅비를 목도하고 선제공격을 당한 것 같은 기분이 들

어 우울했소이다. 그것은 한 계집에 대한 질투와는 비교할 것이 못 될 것이오. 나는 그렇게까지 내 자신이 미웠고 부끄러웠소이다.

불행히, 혹은 다행히 나 역시 이달 하순경에는 동경 사람이 될 것 같소. 그러나 그것은 어디까지나 형의 웅비와는 구별되는 것이오.

아마 나는 그 '속이 빤히 들여다보이는' 문학은 그만두겠지요.

《시와 소설(1936년 3월 13일자로 창간된 구인회의 동인지로 창간호만 내고 종간되었다)》은 회원들이 모두 게을러서 글렀소이다. 그래, 폐간하고 그만둘 심산이오. 2호는 회사 쪽에 면목이 없으니, 내 독력(獨力)으로 취미 잡지를 하나 만들 작정이오.

하지만 지금이라도 늦지 않았으니 서둘러 원고를 써 오면 어떤 잡지에도 지지 않는 버젓한 책을 하나 만들 작정입니다.

《기상도(氣象圖, 김기림의 시 제목이자 첫 시집)》는 조판이 완료되었습니다. 지금 교정 중이니 내 눈에 교료(校了, 인쇄물의 교정을 끝냄)가 되면 가본(假本)을 만들어서 보내 드릴 테니, 최후 교정을 하여 보내주시기 바랍니다. 그때 《시와 소설》도 몇 권 함께 보내 드리겠소이다.

그리고 '가벼운 글' 원고 좀 보내주시오. 좀 써먹어야겠소. 기행문? 좋지! 좀 써 보내구려! 빌어먹을 것, 세상이 귀찮구려!

불행이 아니면 하루도 살 수 없는 '그런 인간'에게 행복이 오면 큰 일 나오. 아마 즉사할 것이오. 협심증으로…….

'일절 맹세하지 마라.', '아무것도 믿지 않는다고 맹세하라.'의 두 마디 말이 발휘하는 다채한(여러 가지 색채나 형태, 종류 따위가 어울리어 호

화스러운) 패러독스를 농락하면서 혼자 미고소(微苦笑, 가벼운 쓴웃음)를 하여보오.

형은 어디 한번 크게 되어 보시오. 인생이 또한 즐거울 것이오.

사나흘 전에 FUA의 〈장미신방(薔薇新房)〉이란 영화를 보았소. 충분히 좋습디다. '조촐한 행복이 진정한 황금'이란 타이틀은 아노르도황의 영화에서 보았고 '조촐한 행복이 인생을 썩혀 버린다.'는 타이틀은《장미의 침상》에서 보았소.

"아, 철학의 끝도 없는 낭비여!" 그랬소.

'모든 법칙을 비웃어라.', '그것도 맹세하지 말라.'

나 있는 곳에 늘 고기덮밥을 사다 먹는 승려가 한 분 있소. 그이가 이런 소크라테스를 성가시게 구는 논리학을 내게 띄워주는 것이오.

소설을 쓰겠소. '우리들의 행복을 하느님께 과시해줄 거야.' 그런 해괴망측한 소설을 쓰겠다는 이야기요. 흉계지요? 가만 있자! 철학공부도 좋구려! 따분하고 따분해서 못 견딜 그따위 일생도 죽음(死)보다는 그래도 좀 재미가 있지 않겠소? 연애라도 할까? 싱거워서? 심심해서? 스스러워서?

이 편지를 볼 때쯤이면 형은 아마 뒤이어서《기상도》의 교정을 보아야 할 것이오.

형이 여기 있고 마음 맞는 친구끼리 모여서 조용한 '《기상도》의 밤'을 갖고 싶어 했던 것이 퍽 유감스럽게 되었구려.

우리 여름에 할까? 누가 아나?

여보! 편지나 좀 하구려! 내 고독과 울적함을 동정하고 싶지는 않소?
자, 운명에 순종하는 수밖에! 굿바이.

—6일 이상

- 1936년 4월 6일

김기림에게 · 3

|

이　상 | 일본 유학 중이던 시인 김기림에게 보낸 편지

기림 형.

어떻소? 거기도 덥소? 공부는 잘 되오?

《기상도》가 되었으니 보오. 교정은 내가 그럭저럭 잘 보았답시고 보았는데, 혹 틀린 곳은 고쳐소 보내오.

구(具, 화가 구본웅) 군은 한 1,000부 박아서 팔자고 그럽디다. 그러니 형은 50원만 내고 잠자코 있구려. 어떻소? 그 대답도 적어 보내기 바라오.

참, 체재(體裁, 생기거나 이루어진 틀. 또는 그런 됨됨이. '형식'으로 순화)도 고치고 싶은 대로 고치오. 그리고 검열 본은 안 보내니 그리 아오. 꼭 필요하면 편지하오. 보내 드리리다.

이것은 교정쇄니까 삐뚤삐뚤한 것은 '간조(셈, 계산)'에 넣지 마오. 인쇄할 때 바로잡을 것이니 염려하지 않아도 되오. 그러니까 두 장이 한 장인 셈이오. 알았소? 그리고 페이지 넘버는 아주 빼버리는 게 좋을 것 같은

데, 형 의견은 어떻소? 좀 꼴불견 같지 않소?

구인회(九人會)는 인간 최대의 태만에서 부침 중이오. 팔양(八陽, 시인 박팔양)이 탈회했소. 잡지 2호는 흐지부지요. 게을러서 다 틀려먹을 것 같소. 내일 밤에는 명월관에서 《영랑시집》의 밤이 있소. 서울은 그저 답보 중이오.

자주 편지나 하오. 나는 아마 좀 더 여기 있어야 되나 보오.

참, 내가 요새 소설을 썼소. 우습소? 자, 그만둡시다.

—이상
- **1936년 6월**

김기림에게 · 4

이 상 | 일본 유학 중이던 시인 김기림에게 보낸 편지

기림 형.

형의 글 받았소. 퍽 반가웠소.

북일본(당시 일본 유학 중이던 김기림이 머물고 있던 곳) 가을에 형은 참 엄연한(어떠한 사실이나 현상이 부인할 수 없을 만큼 뚜렷한) 존재로 구려!

워밍업이 다 되었건만 와인드업을 하지 못하는 이 몸은 형이 몹시 부러울 뿐이오.

지금쯤은 이 이상이 동경 사람이 되었을 것인데 본정서(本町署, 지금의 서울 중부경찰서) 고등계에서 '도항(渡航, 배를 타고 바다를 건넘)을 허락할 수 없음'의 분부가 지난달 하순에 내렸구려! 우습지 않소?

그러나 지금 다시 다른 방법으로 도항 증명을 얻을 도리를 차리는 중이니, 이달 중순이나 하순쯤에는 아마 이상도 동경을 헤매는 백면(白面)

의 표객(漂客, 방황하는 사람)이 되리다.

졸작 〈날개〉에 대한 형의 다정한 말씀 골수에 스미오. 지금은 문학 천 년이 회신(灰燼, 흔적 없이 다 타서 없어짐)에 돌아갈 지상 최종의 걸작 〈종생기〉를 쓰는 중이오. 부디, 이 억울한 내 출혈을 알아주기 바라오!

《삼사문학》 한 부 호소로(狐小路, 김기림이 거처하고 있던 곳) 집으로 보냈는데 받았는지 모르겠구려!

요새《조선일보》학술 란에 근작시 〈위독〉을 연재 중이오. 기능어, 조 직어, 구성어, 사색어로 된 한글 문자 추구 시험이오. 다행히 고평(高評, 높은 평가)을 비오. 요 다음쯤 일맥의 혈로가 보일 듯하오.

지용(시인 정지용), 구보(소설가 박태원), 다 가끔 만나오. 건강하게 잘 들 있으니 또한 천하는 태평성대가 아직도 계속될 것 같소.

환태(문학평론가 김환태. 시인 박용철의 여동생 박봉자와 결혼함)가 종교 예배당에서 결혼하였소.

〈유령, 서부로 가다〉는 명작 〈홍길동전〉과 함께 영화사상 굴지의 잡동 사니가 아닐까 싶소. 르네 클레르, 똥이나 먹으라지요.

《영화시대》라는 잡지가 실로 무보수라는 구실 하에 이상 씨에게 영화 소설 〈백병(白兵)〉을 집필시키기에 성공하였소. 뉴스 끝.

추야장(秋夜長, 길고 긴 가을밤)! 너무 소조(蕭條, 고요하고 쓸쓸함)하 구려! 아당만세(我黨萬歲, 우리 편 만세)! 굿나잇.

—오전 4시 반 이상
- 1936년 10월 초순

사랑을 쓰다
그리다
그리워하다

김기림에게 · 5

이　상 | 일본 도착 후 시인 김기림에게 보낸 편지

기림 형.

기어코 동경에 왔소. 와 보니, 실망이오. 실로 동경이라는 곳은 치사스런 곳이구려!

동경에 오지 않겠소? 다만, 이상을 만나겠다는 이유만으로라도…….

《삼사문학》동인들이 이곳에 여럿 있소. 그러나 그들은 어디까지나 학생들이오. 그들과 어울리지 못하는 것을 보면 우리도 이제 그만 늙었나 보이다.

《삼사문학》에 원고 좀 써주오. 그리고 씩씩하게 성장하는 새 세기의 영웅들을 위하여 귀하가 귀하의 존중한 명성을 잠깐 낮추어 《삼사문학》의 동인이 되어줄 의사는 없는지 이곳 청년들의 갈망입니다.

어떻소?

편지주기 바라오. 이곳에서 나는 빈궁하고 고독하오. 주소를 잊어버려서 주소를 알아서 편지하느라 이렇게 늦었소.

　동경서 만났으면 작히('얼마나'의 뜻으로 희망이나 추측을 나타내는
말) 좋겠소?

　형에게는 건강도, 부귀도 넘쳐 있으니 편지 끝에 상투적으로 빌(祈) 만
한 말을 얼른 생각해내기조차 어렵소그려.

— 이상

– 1936년 11월 14일

김기림에게 · 6

이 상 | 시인 김기림에게 만남을 요청하며 보낸 편지

기림 대인(大人).

여보! 참 반갑습디다. 가지야마에마치(治屋前町) 주소를 조선으로 물어서 겨우 알아 가지고 편지했는데, 답장이 얼른 오지 않아서 '주소가 또 옮겨진 게로군!' 하고 탄식하던 차였는데 여간 반가웠소.

여보! 당신이 배구 선수라니 그 배구팀인즉, 내 어리석은 생각에 세계 최강 팀이 아닌가 싶소그려! 그래 이겼소? 아니면, 이길 뻔하다가 소위 석패(惜敗, 아깝게 짐)를 했소?

그러나저러나 동경에 오기는 왔는데, 나는 지금 누워 있소그려. 매일 오후면 똑 거동조차 못 할 정도로 열이 나서 성가셔서 죽겠소그려.

동경이란 참 치사스런 도십디다. 여기다 대면 경성은 얼마나 인심 좋고 살기 좋은 '한적한 농촌'인지 모르겠습디다.

어디를 가도 구미가 당기는 것이 없소그려! 꼴사납게도 표피적인 서

구적 악습의, 말하자면 그나마도 그저 분자식(分子式, 분자를 이루는 원자의 종류와 수를 나타낸 식)이 겨우 수입되어서 진짜 행세를 하는 꼴이란 참 구역질이 날 일이오.

나는 참 동경이 이따위 비속(卑俗, 비열하고 저속함), 그것과 같은 물건인 줄은 그래도 몰랐소. 그래도 뭣이 있겠거니 했더니 과연 속 빈 강정 그것이오.

한화휴제(閑話休題, '쓸데없는 이야기는 그만하고'라는 뜻으로, 글을 쓸 때, 한동안 본론에서 벗어난 이야기를 써 내려 가다가 다시 본론으로 돌아갈 때 쓰는 말) — 봐서 내달 중으로 경성으로 도로 돌아갈까 하오. 여기 있어 봤자 몸이나 자꾸 축나고 겸하여 머리가 혼란하여 불시에 발광할 것만 같소. 첫째, 이 가솔린 냄새가 미만(彌蔓, 널리 퍼짐) 넘쳐흐르는 것 같은 거리가 참 싫소.

하여간 당신 겨울방학 때까지는 내 약간의 건강을 획득할 터이니 그때는 부디부디 동경에 들러 가기를 천 번 만 번 당부하는 바이오. 웬만하거든 거기 여학도들도 잠깐 도중하차 시킵시다그려.

그리고 시종(始終, 처음부터 끝까지) 여일하게(처음부터 끝까지 한결같음) 이상 선생께서는 프롤레타리아니까 군용금을 톡톡히 나래(拏來, 가져옴) 하기 바라오. 우리 그럴듯하게 하룻저녁 놀아 봅시다. 동경 첨단 여성들의 물거품 같은 '사상' 위에다 대륙의 유서 깊은 천근 철퇴를 내려 뜨려 줍시다.

《조선일보》모 씨 논문을 나도 그 후에 얻어 읽었소. 형안(炯眼, 날카로운 눈매)이 족히 남의 흉리(胸裏, 마음속)를 투시하는가 싶습디다. 그러나 그의 모럴에 대한 탁견에는, 물론 구체적 제시도 없었지만 약간 수미(愁眉, 근심에 잠겨 찌푸린 눈썹. 또는 그런 얼굴이나 기색)를 금할 수 없었소. 예술적 기품 운운은 그의 실언이오. 톨스토이나 기쿠치 간(신현실주의 문학의 새 방향을 연 일본의 극작가이자 소설가)은 말하자면 영원한 대중문예(문학이 아니라)에 지나지 않는 것을 깜빡 잊어버린 듯합디다. 그리고〈위독〉에 대하여도…….

사실 나는 요새 그따위 시밖에 써지지 않는구려. 그래서 철저히 소설을 쓸 결심이오. 암만해도 나는 19세기와 20세기 틈바구니에 끼여 졸도하려 드는 무뢰한인 모양이오. 완전히 20세기 사람이 되기에는 내 혈관에는 너무도 많은 19세기의 엄숙한 도덕성의 피가 위협하듯이 흐르고 있소그려.

이곳 1934년대의 영웅들은 과연 추호의 오점도 없는 20세기 정신의 영웅들입디다. 도스토옙스키는 그들에게 선조에 지나지 않는다는 것을 그들은 생리(生理, 생활의 원리)를 가지고 생리하면서 완벽하게 살고 있소.

그들은 이상도 역시 20세기의 운동 선수이거니 하고 오해하는 모양인데, 나는 그들에게 낙망(아니, 환멸)을 주지 않기 위하여 그들과 만날 때 20세기 포즈(자세)를 근근이 유지할 따름이오! 아! 이 마음의 아픈 갈등이여.

생, 그 가운데만 오직 무한한 기쁨이 있는 것을 너무도 잘 알기 때문에 이미 옴짝달싹 못 할 정도로 전락하고 만 자신을 굽어살피면서 생에 대한 용기, 호기심, 이런 것이 날로 희박하여 가는 것을 자각하오. 이것은 참 제도할 수 없는 비극이오! 아쿠타가와(아쿠타가와 류노스케, 일본 다이쇼 시대를 대표하는 소설가)나 마키노(마키노 신이치. 일본의 소설가로 아쿠타가와 류노스케와 더불어 이상이 동경하던 작가) 같은 사람들이 맛보았을 성싶은 최후 한 찰나의 심경은 나 역시 어느 순간 전광같이 짧게 그러나 참 똑똑하게 맛보는 것이 이즈음 한두 번이 아니오. 제전(帝展, 일본제국미술전람회)도 보았소. 환멸이라기에는 너무나 참담한 일장의 난센스입디다. 나는 그 페인트의 악취에 질식할 것만 같아 그만 코를 꽉 쥐고 뛰어나왔소. …… (중략) …… 오직 가령 자전(字典)을 만들어냈다 거나, 일생을 철(鐵)연구에 바쳤다거나 하는 사람들만이 훌륭한 사람인 가 싶소. 가끔 진짜 예술가들이 더러 있는 모양인데 이 생활거세 씨(生活 去勢氏)들은 당장에 시궁창의 쥐가 되어서 한 2, 3년 만에 노사(老死) 하 는 모양입디다.

기림 형.

이 무슨 객쩍은 망설(妄舌, 이치나 사리에 맞지 않은 말)인지 모르겠 소. 소생 동경에 와서 신경쇠약이 극도에 이르렀소! 게다가 몸이 이렇게 불편해서 그런 모양이오.

방학이 언제나 될는지 그 전에 편지 한 번 더 주기 바라오. 그리고 올 때 는 도착 시각을 조사해서 전보 쳐주오. 동경역까지 도보로도 한 15분, 20 분이면 갈 수 있소. 그리고 틈나는 대로 편지 좀 자주 주기 바라오. 나는 이곳에서 외롭고 심히 가난하오. 오직 몇몇 장 편지가 겨우 이 가련한 인간의 명맥을 이어주는 것이오.

　당신에게는 건강을 비는 것 역시 우습고…… 그럼 당신의 러브 어페어(love affair, 연애)에 행운이 있기를 비오.

— 29일 배(拜)

- 1936년 11월 29일

김기림에게 · 7

|

이　상 | 시인 김기림에게 외로움을 호소하며 보낸 편지

기림 형.

궁금하구려! 내각(內閣, 정부를 구성하는 각료)이 여러 번 변했는데, 왜 편지하지 않소? 아하, 요새 참 시험 때로군그래! 머리를 긁적긁적하면서 답안용지를 이리 뒤척 저리 뒤척이는 당신의 어울리지 않는 풍채가 짐짓 보고 싶소그려!

허리라는 지방은 어떻게 좀 평정되었소? 병원 통근은 면했소? 당신은 스포츠라는 초근대적인 정책에 깜박 속아 넘어갔소. 이것이 이상 씨의 '기림 씨, 배구에 진출하다'에 대한 비판이오.

오늘은 음력 섣달그믐날이오. 향수(鄕愁, 고향을 그리워하는 마음이나 시름)가 대두(擡頭, 머리를 듦)하오. ○라는 내지인(內地人, 일본 본토인) 대학생과 커피를 마시고 온 길이오. 커피집에서 랄로(Lalo, 바이올린 협주곡)를 한 곡조 듣고 왔소. 후베르만(Bronislaw Huberman, 폴란드

출신의 유명 바이올리니스트)이라는 제금가(提琴家, 바이올리니스트) 는 너무나 탐미주의자입니다. 그저 한없이 예쁘장할 뿐이지 정서가 없 소. 거기에 비하면 요전에 들었던 엘먼(Mischa Elman, 러시아에서 태어 나 미국에서 활동했던 유명 바이올리니스트)은 참 놀라운 인물입니다. 같은 랄로의 최종 악장 론도의 부(部)를 그저 막 헐어 내서는 완전히 딴 것으로 만들어 버립디다.

엘먼은 내가 싫어하는 제금가였는데, 그의 꾸준히 지속되는 성가(聲 價, 사람이나 물건 따위에 대하여 세상에 드러난 좋은 평판이나 소문)의 원인을 이번 실연을 듣고 비로소 알게 되었소. 소위 '엘먼 톤'이란 무엇인 지 사도(斯道, 어떤 전문적인 방면의 도나 기예)의 문외한 이상으로서 알 길이 없으나 그의 슬라브(러시아 및 동유럽권 국가)적인 굵은 선과 그 분방한 변주는 경탄할 만한 것입니다. 영국 사람인 줄 알았더니 나중에 알고 보니 역시 이주민입디다.

한화휴제(閑話休題, '쓸데없는 이야기는 그만하고'라는 뜻으로, 글을 쓸 때, 한동안 본론에서 벗어난 이야기를 써 내려 가다가 다시 본론으로 돌아갈 때 쓰는 말) ― 차차 마음이 즉, 생각하는 것이 변해가오. 역시 내 가 고집하고 있던 것은 회피였나 보오. 흉리(胸裏, 마음속에 품고 있는 생 각)에 거래하는 잡다한 문제 때문에 극도의 불면증으로 고생 중이오. 가 끔 혈담을 토하고 …… (중략) …… 체계 없는 독서 때문에 가끔 발열하오. 2, 3일씩 이불을 쓰고 두문불출하는 수도 있소. 자꾸 자신을 잃어버리면 서도 '양심, 양심'하고 이렇게 부르짖어도 보오. 비참한 일이오.

한화휴제 ─ 3월에는 부디 만납시다. 나는 지금 참 쩔쩔매는 중이오. 생활보다도 대체 어떻게 했으면 좋을지 모르겠소. 의논할 일이 한두 가지가 아니오. 만나서 결국 아무 이야기도 못 하고 헤어지는 한이 있더라도 그저 만나기라도 합시다.

서울을 떠날 때 생각한 것은 참 어림도 없는 도원몽(桃源夢, 이상향)이었소. 이러다가는 정말 자살할 것만 같소. 베개를 나란히 하여 타면(墮眠, 게으름을 피우면 잠만 잠)에 계속 빠져 있는 꼴이오.

여기 와 보니 조선 청년들이란 참 한심합디다. 이거 참 썩은 새끼조차도 주위에는 없구려! 진보적인 청년이 몇 있기는 있소. 그러나 그들 역시 늘 그저 무엇인지 부절히(不絶 , 끊이지 아니하고 계속됨) 겁을 내고 지내는 모양이 불민하기 짝이 없습디다.

3월쯤이면 동경도 따뜻해지리다. 동경에 들르오. 산책이라도 합시다.

《조광》2월호에 실린 〈동해〉라는 졸작 보았소? 보았다면 그보다 더 큰 불행은 없을 것이오. 등에서 땀이 펑펑 쏟아질 열작(劣作, 수준 낮은 작품)이니 말이오. 다시 고쳐 쓸 작정이오. 그러기 위해서는 당분간 작품을 쓸 수 없을 것이오. 그야 〈동해〉도 작년 6월, 7월경에 쓴 것이오. 그것을 가지고 지금의 나를 촌탁(忖度, 남의 마음을 미루어서 헤아림)하지는 말기 바라오. 조금 어른이 되었다고 자신하오. …… (중략) ……

망언, 망언. 엽서라도 주기 바라오.

─ 음력 제야에 이상

-1937년 2월 10일

사랑을 쓰다
그리다
그리워하다

H형에게

이　상 | 소설가 안회남에게 보낸 편지

H형!

형의 글 반갑게 읽었습니다. 저의 못난 여편네(아내 변동림)를 위해 귀중한 하룻밤을 부인에게 허비하게 하였다니, 어떻게 감사해야 할지 모르겠습니다. 부인께도 꼭 이 말씀 전해주시기 바랍니다.

형의 〈명상〉 잘 읽었습니다. 타기(唾棄, 침을 뱉듯이 버린다는 뜻으로, 업신여기거나 아주 더럽게 생각하여 돌아보지 않고 버림을 이르는 말) 할 생활을 하고 있는 지금의 제게는 적잖이 도움 되는 바가 많았습니다. 이것은 찬사가 아니라 감사입니다.

형이 해준 충고의 가지가지가 저의 골수에 맺혀 고마웠습니다. 특히 돌아와서 인간으로서, 아니 사람으로서의 옳은 도리를 갖고 선처하라고 하신 말씀은 등에서 땀이 날 만큼 제 가슴을 찔렀습니다.

저는 지금 사람 노릇을 못하고 있습니다. 계집은 가두(街頭, 길거리)

에다 방매(放賣, 내다가 팖)하고, 부모로 하여금 기갈(飢渴, 배고픔과 목마름을 아울러 이르는 말)하게 하고 있으니, 어찌 족히 사람이라 일컬으리까? 그러나 저는 지식의 걸인은 아닙니다. 7개 국어 운운도 원래가 허풍이었습니다.

살아야겠어서, 다시 살아야겠어서, 저는 이곳으로 왔습니다. 당분간은 모든 죄와 악을 의식적으로 뭉개버리는 도리 외에는 길이 없습니다. 친구, 가정, 소주, 그리고 치사스러운 의리 때문에 서울로 돌아가지 못하겠습니다.

여러 가지를 생각하고 있습니다. 그러나 어떻게 하면 좋을지 전혀 모르겠습니다. 그래서 당분간은 고난과 싸우면서 생각하는 생활을 할 수밖에 없습니다. 한 편의 작품을 못 쓰는 한이 있더라도, 아니, 말라비틀어져서 아사(餓死, 굶어 죽음)하는 한이 있더라도, 저는 지금의 자세를 포기하지 않겠습니다. '커피' 한 잔으로 해결될 문제가 아니기 때문입니다.

《조광》 2월호의 〈동해(童骸)〉는 작년 6월경에 쓴 냉한삼곡(冷汗三斛, 차가운 땀 세 말이라는 뜻으로, 애써 노력하지 않음을 일컫는 말)의 열작(劣作, 졸작. 수준이 낮은 작품)입니다. 그 작품을 가지고 지금 이상의 촌탁은 하지 말아주시기 바랍니다.

과거를 돌아보니 회한뿐입니다. 저 자신을 속여 왔나 봅니다. 정직하게 살아왔거니 했던 생활이 지금 와서 보니 비겁한 회피의 생활이었나 봅니다.

정직하게 살겠습니다. 고독과 싸우면서 오직 그것만을 생각하고 있습니다.

오늘은 음력으로 제야(除夜, 섣달 그믐날 밤)입니다. 빈대떡, 수정과, 약주, 너비아니. 이 모든 기갈의 향수가 저를 못살게 굽니다. 생리적입니다. 이길 수가 없습니다.

가끔 글을 주시기 바랍니다. 고독합니다. 이곳에는 친구 삼을 만한 사람이 없습니다. 아직 찾지 못했습니다.

언제나 서울의 흙을 밟아 볼는지 아직은 망연합니다.

저는 건강치 못합니다. 건강하신 형이 부럽습니다. 그러면 과세(過歲, 설을 쇰. 해를 보냄) 안녕히 하십시오. 부인께도 인사 여쭈어 주시기 바랍니다.

— 우제(愚弟) 이상

-1937년 1월

* 안회남

〈금수회의록〉을 쓴 작가 안국선의 외아들로, 본명은 필승이다. 특히 휘문고보 동창생인 김유정과는 그가 필승에게 마지막 유서를 남겼을 정도로 절친한 사이였다. 이태준, 박태원, 이상 등 구인회 동인들과 함께 활동했으며, 1930년대 신변소설의 대표적 작가로 꼽힌다.

산촌여정

이 상 | 소설가 정인택에게 보낸 편지글 형식의 산문

1

향기로운 MJB(미국산 '커피' 상표)의 미각을 잊어버린 지도 이십여 일이나 되었습니다. 이곳은 신문도 잘 오지 않고, 체전부(우체부) 역시 간혹 '하도롱(hard-rolled paper, 다갈색 종이로 봉투나 포장지를 만듦)' 빛 소식을 가져올 뿐입니다.

거기에는 누에고치와 옥수수의 사연이 적혀 있습니다. 마을 사람들은 멀리 떨어져 사는 친척 때문에 걱정이 이만저만 한 것이 아닌가 봅니다. 나도 도시에 남기고 온 일이 걱정됩니다.

건너편 팔봉산에는 노루와 멧돼지가 산다고 합니다. 기우제를 지내던 개골창(수챗물이 흐르는 작은 도랑)까지 내려와서 가재를 잡아먹는 '곰'을 본 사람도 있답니다. 동물원에서밖에 볼 수 없는 동물들을 직접 봤다니, 놀라울 따름입니다.

산에 있는 동물을 사로잡아다가 동물원에 가둔 것이 결코 아닙니다. 그래서인지 동물원에 있는 동물을 산에다 풀어놓은 것만 같은 생각이 자꾸 듭니다.

달도 없는 그믐칠야(漆夜, 옻칠한 듯 어두운 밤)면 팔봉산도 사람이 침소에 들 듯 어둠 속으로 완전히 사라지고 맙니다. 하지만 공기는 수정처럼 맑고, 별빛만으로도 충분히 좋아하는 《누가복음》을 읽을 수 있습니다. 참별 역시 도시보다 갑절이나 더 많이 뜹니다. 너무 조용해서 별이 움직이는 소리가 들릴 것만 같습니다.

객줏집 방에는 석유 등잔을 켜놓습니다. 도시의 석간(夕刊)과 같은 그윽한 냄새가 소년 시절의 꿈을 부릅니다.

정형! 그런 석유 등잔 밑에서 밤이 깊도록 '호까'― 연초갑지(煙草匣紙, 담배를 싸는 종이)를 붙이던 생각이 납니다. 벼쨍이(베짱이)가 한 마리가 등잔에 올라앉더니, 연둣빛 색채로 혼곤한(정신이 흐릿하고 고달픈) 내 꿈에 영어 'T'자를 쓰고, 유(類) 다른 기억에다는 군데군데 '언더라인'을 그어 놓습니다. 이에 나는 슬퍼하는 것처럼 고개를 숙이고 도시의 여차장이 차표 찍는 소리와도 같은 그 음악을 가만히 듣습니다. 그러면 그것이 또 이발소 가위 소리와도 같아, 눈을 감고 가만히 그 소리를 들어봅니다. 그리고 비망록을 꺼내어 머룻빛 잉크로 산촌의 시정(詩情)을 기록하기 시작합니다.

그저께 신문을 찢어버린

때 묻은 흰나비

봉선화는 아름다운 애인의 귀처럼 생기고

귀에 보이는 지난날의 기사

얼마 후면 목이 마릅니다. 자리물─심해처럼 가라앉은 냉수를 마십니다. 석영질 광석 냄새가 나면서 폐부(肺腑)에 한란계(寒暖計, 온도계) 같은 길을 느낍니다. 백지 위에 싸늘한 곡선을 그리라면 그릴 수도 있을 것 같습니다.

푸른 돌을 얹은 지붕에 별빛이 내리면 한겨울에 장독 터지는 것 같은 소리가 납니다. 벌레 소리 역시 요란합니다. 가을이 엽서 한 장 적을 만큼 천천히 오기 때문입니다. 이런 때 무슨 재주로 광음(光陰, 시간의 흐름)을 헤아리겠습니까?

맥박소리가 방안을 시계로 만들어버리고, 그 장침과 단침(시계의 두 바늘)의 나사못이 돌아가느라 양쪽 눈이 번갈아 간질간질합니다. 코로 기계기름 냄새가 드나듭니다. 석유 등잔 밑에서 졸음이 오는 기분입니다. '파라마운트(미국의 영화 제작회사)' 상표처럼 생긴 도시 소녀가 나오는 꿈을 조금 꿉니다. 그러다가 도시에 남겨두고 온 가난한 식구들을 꿈에서 봅니다. 그들은 마치 사진 속의 포로처럼 나란히 늘어서 있습니다. 그리고 내게 걱정을 안깁니다. 그러면 그만 잠이 확 깨어버립니다.

차라리 죽어버릴까란 생각을 해봅니다. 벽의 못에 걸린 다 해어진 내

저고리를 쳐다봅니다. 그러고 보니, 그것은 서도천리(西道千里, 황해도와 평안도)를 나를 따라서 여기에 와 있습니다, 그려!

2

등잔 심지를 돋우고 불을 켠 후 비망록에 철필로 군청 빛 '모'를 심어갑니다. 불행한 인구가 그 위에 하나하나 탄생합니다. 조밀한 인구가—

'내일은 온종일 화초만 보고 탈지면(脫脂綿)에다 '알코올'을 묻혀서 온갖 근심을 문지르리라'는 생각을 해봅니다. 너무나 꿈자리가 뒤숭숭해서 그렇습니다. 화초가 피어 만발하는 꿈, '그라비어'(Gravur, 사진 제판에 사용되는 인쇄법) 원색판 꿈, 그림책을 보듯이 즐겁게 꿈을 꾸고 싶습니다. 간단한 설명을 위해 상쾌한 시를 지어서 칠(七) '포인트' 활자로 배치하는 것도 좋을 것 같습니다.

도시에 화려한 고향이 있습니다. 활엽수만으로 된 산이 고향의 시각을 가려 버린 이 산촌에 팔봉산 허리를 넘는 철골전신주가 소식의 제목만을 부호로 전하는 것 같습니다.

아침에 볕에 시달려서 마당이 부스럭거리면 그 소리에 잠을 깹니다. 하루라는 '짐'이 마당에 가득한 가운데 새빨간 잠자리가 병균처럼 움직입니다.

잔 석유 등잔에 불이 아직 켜져 있습니다. 그 안에 사라진 밤의 흔적이

낡은 조끼 '단추'처럼 고스란히 남아 있습니다. 이는 어젯밤을 다시 방문할 수 있는 '요비링(초인종)'입니다.

지난밤의 체온을 방 안에 내던진 채 마당으로 나갑니다. 마당 한 모퉁이에는 화단이 있습니다. 불타오르는 듯한 맨드라미꽃 그리고 봉선화. 지하에서 빨아올리는 이 화초들의 정열에 호흡이 부쩍 더워집니다. 여기 처녀들 손톱 끝에 물들일 봉선화 중에는 흰 것도 섞여 있습니다. 흰 봉선화도 붉게 물들까? ─조금도 이상스러울 것 없이 흰 봉선화는 꼭두서니 빛으로 곱게 물들 것입니다.

수수깡 울타리에 '오렌지' 빛 여주가 열려, 강낭콩 넝쿨과 어우러져 '세피아' 빛을 배경으로 한 폭의 병풍을 연출합니다. 그 끝에는 노란 호박꽃이 피어 있는데, 소박하면서도 대담한 그 위로 '스파르타' 식 꿀벌이 한 마리 앉아 있습니다. 그것은 녹황색에 반영되어 '세실. B. 데밀(미국의 유명한 영화감독으로 〈십계〉, 〈삼손과 델릴라〉 등을 만듦)'의 영화처럼 화려하기만 합니다. 귀를 기울이면 '르네상스' 응접실에서 들리는 선풍기 소리가 납니다.

야채 '사라다(샐러드)'에 들어가는 '아스파라거스' 잎사귀 같은 화초가 있어, 객줏집 아이에게 물어봅니다.

"기상꽃─기생화(妓生花)는 어떤 꽃이 피나?"

─진홍 비단 꽃이 핀답니다.

조상들이 지정하지 아니한 '조 세트(우아한 여름 옷감)' 치마에 '웨스트민스터(영국 담배 이름)'를 감아놓은 것 같은 도시 기생의 아름다움을 떠올려 봅니다. 박하보다도 훈훈한 '리그래 츄잉껌(미국 껌 이름)' 냄새, 두꺼운 장부를 넘기는 듯한 그 입맛 다시는 소리— 그러나 여기에 필 기생 꽃은 분명히 혜원(화가 '신윤복'의 호)의 그림에서 본 것 같은— 혹은 우리가 어린 시절 봤던 인력거에서 홍일산(붉은색 양산)을 바쳐 쓰던 지난날 삽화 속의 기생일 것입니다.

청둥호박(겉이 단단하고 씨가 잘 여문 호박)이 열렸습니다. 호박꽃 자리에 무시루떡— 그 훅훅 끼치는 구수한 냄새를 좇아서 증조할아버지의 시골뜨기 망령은 정월 초하룻날 또는 한식날 우리를 찾아오는 것입니다. 그러나 저 국가 백 년의 기반을 생각하게 하는 넓적하고도 묵직한 안정감과 침착한 색채는 '럭비' 공을 안고 뛰는 이 '제너레이션(Generation)'의 젊은 용사의 굵직한 팔뚝을 기다리는 것 같습니다.

유자가 익으면 껍질이 벌어지면서 속이 삐져나온다고 합니다. 하나를 따서 실 끝에 매어서 방에다 걸어둡니다. 물방울 져서 떨어지는 풍염(豊艶, 얼굴 생김새가 살지고 아름다움)한 미각 밑에서 연필처럼 수척해져 가는 이 몸에도 조금씩 살이 오르는 것 같습니다. 그러나 이 채소도, 과일도 아닌 '유머러스'한 용적에는 아무런 향기도 없습니다. 세숫비누에 한 겹씩 한 겹씩 해소되는 도시의 육향(肉香)만이 방안을 배회할 뿐입니다.

팔봉산 올라가는 초경(草俓, 수풀로 덮인 지름길) 입구 모퉁이에 최OO 송덕비와 또 OOOO 아무개의 영세불망비(永世不忘妃)가 항공우편 '포스트'처럼 서 있습니다. 듣자하니, 그들은 아직 다들 생존해 있다고 합니다. 우습지 않습니까?

교회가 보고 싶었습니다. 그래서 '예루살렘' 성역으로부터 수만 리 떨어져 있는 이 마을의 농민들까지도 모두 사랑하는 신 앞으로 회개하게 하고 싶었습니다. 발길이 찬송가 소리 나는 곳으로 갑니다.

누군가 포플러나무 아래 '염소' 한 마리를 매어 놓았습니다. 구석으로 수염이 났습니다. 나는 그 앞에 가서 그 총명한 동공을 들여다봅니다. '세룰로이드'로 만든 정교한 구슬을 '오브라─드(oblato, 전분으로 만든 얇은 원형의 부편. 투명한 전분지)'로 싼 것 같이 맑고, 투명하고, 깨끗하고, 아름답습니다. 도색(桃色, 복숭아색) 눈자위가 움직이면서 내 삼정(三停, 머리와 이마의 경계 및 코끝과 턱 끝)과 오악(伍岳, 이마ㆍ코ㆍ턱ㆍ좌우 관골)이 고르지 못한 빈상(貧相, 가난한 관상)을 업신여기는 중입니다.

옥수수밭은 일대 관병식(觀兵式, 군대의 행진을 지켜보는 예식)입니다. 바람이 불면 갑주(甲冑, 갑옷과 투구) 부딪치는 소리가 우수수 납니다. '카─마인(Carmine, 연지벌레에서 뽑아낸 홍색 물감)' 빛 꼬고마(군인이 벙거지에 꽂던 붉은 털)가 뒤로 휘면서 너울거립니다.

팔봉산에서 총소리가 들렸습니다. 장엄한 예포소리가 분명합니다. 그러나 그것은 내 곁에서 소조(小鳥, 작은 새)의 간을 떨어뜨린 공기총 소리였습니다. 그러면 옥수수 밭에서 백·황·흑·회, 또 백, 가지각색의 개가 퍽 여러 마리 열을 지어서 걸어 나옵니다. '센슈얼'한 계절의 흥분이 이 '코사크(Cossack, 카자흐의 영어식 이름)' 관병식을 한층 더 화려하게 합니다.

산삼이 풀어져 흐르는 시내의 징검다리 위에는 백채(白荣, 흰 채소) 씻은 자취가 남아 있습니다. 풋김치의 청신(淸新, 푸릇푸릇하고 풋풋한)한 미각이 안약 '스마일'을 연상시킵니다.

화성암으로 반들반들한 징검다리 위에 삐뚤어진 N자처럼 쪼그리고 앉아 있으면 물동이를 머리에 인 채 주저하는 두 젊은 새색시가 다가옵니다. 이에 미안해서 일어나기는 하지만 일부러 마주 보며 걸어가 그녀들과 스칩니다. '하도롱' 빛 피부에서 푸성귀(사람이 가꾼 채소나 저절로 난 나물 따위를 통틀어 이르는 말) 냄새가 납니다. '코코아' 빛 입술은 머루와 다래로 젖어 있습니다. 나를 쳐다보지 못하는 동공에는 정제된 창공이 '간쓰메(통조림)'가 되어 있습니다.

M백화점 '미소노(1930년대 일제 화장품 이름)' 화장품 '스윗걸(Sweet girl)'이 신은 양말은 이 새색시들의 피부색과 똑같은 소맥(밀) 빛이었습니다. 삐뚜름하게 붙인 유선형 모자 고양이 배에 '화―스너(Fastener, 지퍼나 클립고 같이 분리된 것을 잠그는 데 쓰는 기구의 총칭)'를 장치한 가벼운 '핸드백'― 이렇게 도시의 참신한 여성을 연상해 봅니다. 그리고 새

벽 '아스팔트'를 구르는 창백한 공장 소녀들의 회충과도 같은 손가락을 떠올립니다. 이렇듯 온갖 계급의 도시 여인들의 연약한 피부를 통해 그네들의 육중한 삶을 느끼지 않습니까?

4

가난하지만 무명처럼 튼튼한 피부에는 오점이 없고, '츄잉껌', '초콜레이트' 대신 달짝지근한 꼬아리(꽈리)를 부는 이 숭굴숭굴한 시골 새색시들을 나는 더 알고 싶습니다. 축복해주고 싶습니다.

교회는 보이지 않습니다. 도시 사람들의 교활한 시선이 수줍어서 수풀 사이로 숨어버리고 종소리의 여운만이 근처에 냄새처럼 남아서 배회하고 있습니다. 혹 그것은 안식을 잃은 내 영혼이 들은바, 환청에 지나지 않았는지도 모릅니다.

조밭 한복판에 높은 뽕나무가 있습니다. 뽕 따는 새색시가 전공부(電工夫, 전기기사)처럼 나무 위에 높이 올랐습니다. 거기에는 순백의 가장 탐스러운 과일이 열려 있습니다. 두 명은 나무에 오르고, 한 명은 나무 아래서 다랭이(대야)를 채우고 있습니다. 한두 잎만 따도 다랭이가 철철 넘치는 민요의 무대면(舞臺面, 무대 위에 나타나는 장면이나 정경)입니다.

조 이삭은 모두 말라 죽었습니다. '코르크'처럼 가벼운 이삭이 근심스럽게 고개를 숙였습니다. 오— 비야, 좀 오려무나.

해면처럼 물을 빨아들이고 싶어 죽겠습니다. 그러나 하늘은 구름 한 점 없이 푸르고, 맑으며, 부숭부숭(핏기 없이 조금 부은 듯한 모양)할 뿐입니다. 마치 깊지 않은 뿌리의 SOS 암반 아래를 흐르는 지하수에 다다를 지경입니다.

두 소년이 고무신을 벗어들고 시냇물에 발을 담궈 고기를 잡습니다. 지상의 원한이 스며 흐르는 정맥— 그 불길하고 독한 물에 어떤 어족이 살고 있는지— 시내는 대지의 신열을 뚫고 벌판이 기울어진 방향으로 흐르고 있습니다. 그것은 가을의 풍설(風說, 바람처럼 떠도는 소문)입니다.

혹시 가을이 올 터인데, 와도 좋으냐?고 쏘근쏘근(소곤소곤)하지 않습니까? 조 이삭이 초례청(醮禮廳, 초례를 치르는 장소) 신부가 절할 때 나는 소리처럼 부스스— 구깁니다. 노회한 바람이 조 이파리에 난숙(欄熟, 너무 익음)을 최촉(催促, 재촉)하는 것입니다. 하지만 조의 마음은 푸르고 초조하며 어릴 뿐입니다.

조밭을 어지럽힌 사람은 누구일까요? —기왕 한 될 조여든— 그런 마음으로 그랬을까요? 몹시도 어지럽혀 놓았습니다. 누에— 호호(戶戶, 집집)에 누에가 있습니다. 조 이삭보다도 굵직한 누에가 삽시간에 뽕잎을 먹습니다. 이 건강한 미각은 왕후와 같이 존경스러우며 치사(侈奢, 사치와 같은 말)합니다.

새색시들은 뽕 심부름하는 것으로 마지막 영광을 삼습니다. 그러나 뽕이 떨어졌습니다. 온갖 폐백이 동난 것처럼 새색시들의 정열 역시 빛이 바랩니다.

어둠을 틈타 새색시들은 경장(輕裝, 가벼운 옷차림)으로 나섭니다. 얼굴의 홍조가 가리키는 방향으로— 뽕나무에 우승컵이 놓여 있습니다. 그리로만 가면 되는 것입니다.

조밭을 짓밟습니다. 자외선에 맛있게 불태운 새색시들의 발이 그대로 조 이삭을 밟고 '스크럼(Srcum)'을 짭니다. 그리하여 하늘에 닿을 지성이 천고마비 잠실(누에가 있는 방) 안에 있는 성스러운 귀족 가축들을 살찌게 하는 것입니다. '콜레트 부인(프랑스의 여류 소설가)의 〈빈묘(牝猫), 암고양이〉을 생각하게 하는 말캉말캉한 '로맨스'입니다.

5

간이학교 곁집 길가에서 들여다보이는 방안에서 누에 틀 소리가 납니다. 편발처녀(머리를 땋아 내린 처녀)가 맨발로 기계를 건드리고 있습니다. 기계는 허리를 스치는 가느다란 실이 간지럽다는 듯이 깔깔거리며 웃고 있습니다. 웃으며, 지근대며 명산 ○○ 명주가 짜여 나오니, 열댓 자 수건이 성묘 갈 때 입을 때때옷을 만들고, 시집살이 설움을 씻어주며, 또 꿈과 꿈을 말소하는 쓰레받기도 되고— 이렇게 실없는 내 환희(幻戲, 환상)입니다.

담뱃가게 곁방 안에 황혼을 미리 가져다 놓았습니다. 침침한 몇 '가론(Gallon)'의 공기 속에 생생한 침엽수가 울창합니다. 황혼에만 사는 이민 같은 이국 초목에는 순백의 갸름한 열매가 무수히 열렸습니다. 고치― 귀화한 '마리아'들이 최신 지혜의 과일을 단려(端麗, 단정하고 아름다운)한 맵시로 따고 있습니다. 그 아들의 불행한 최후를 슬퍼하며 '크리스마스트리'를 헐어 들어가는 '피에다(Pieta, 예수의 시체를 안고 슬퍼하는 마리아상) 화폭 전도입니다.

학교 마당에는 '코스모스'가 피어 있고 생도들은 글을 배우고 있습니다. 그들은 열심히 간단한 산술을 놓아 그들의 정직과 순박함을 지혜와 교활로 환산하고 있습니다. 탄식할 이식산(利息算, 이자 계산)이 아니고 무엇이겠습니까?

족보를 찢어 버린 것과 같은 흰 나비 두어 마리가 분필 냄새 나는 화단 위에서 번복(飜覆, 고치거나 바꾸는 일)이 무상합니다. 또 연식 '테니스' 공의 마개 뽑는 소리가 음향의 흔적이 되어서는 등고선의 각 점 모양으로 남아 있는 것 같습니다. 이 마당에서 오늘 밤에 금융조합 선전 활동사진회가 열립니다. 활동사진? 세기의 총아― 온갖 예술 위에 군림하는 '넘버' 제8 예술의 승리. 그 고답적이고도 탕아적인 매력을 무엇에다 비하겠습니까? 그러나 이곳 주민들은 활동사진에 대해서 한낱 동화적인 꿈을 갖고 있습니다. 그림이 움직일 수 있는 이것은 홍모(紅毛, 붉은 머리) 오랑캐의 요술을 배워 온 것입니다. 참으로 부러운 재주입니다.

활동사진을 보고 난 다음에 맛보는 담백한 허무― 장주(莊周, 장자)의 호접몽이 이랬을 것입니다. 나의 동글납작한 머리가 그대로 '카메라'

가 되어 피곤한 '더블렌즈(Double lens)'로 나마 몇 번이나 이 옥수수가 무르익어가는 초추(初秋, 초가을)의 정경을 촬영하고 영사하였던가? ─ '플래시백(Flashback, 영화에서 과거를 회상하는 장면)'으로 흐르는 엷은 애수─ 도시에 남아 있는 몇몇 고독한 '팬'에게 보내는 단장(斷腸, 애를 끊는)의 '스틸(Still, 영화 장면을 사진기로 찍어 확대 인화한 사진)'입니다.

6

밤이 되었습니다. 초열흘 가까운 달이 초저녁이 조금 지나면 나옵니다. 마당에 멍석을 펴고 전설 같은 시민이 모여듭니다. 축음기 앞에서 고개를 갸웃거리는 북극 '펭귄'들과 무엇이 다르겠습니까. 짧고 기다란 삶을 적어 내려갈 편전지(便箋紙, 편지지)─ '스크린'이 박모(薄暮, 땅거미) 속에서 '바이오그래피(Biography, 전기)'의 예비표정입니다. 내가 있는 건너편 객줏집에 든 도시풍 여인도 왔나 봅니다. 사투리의 합창이 마당 안에서 들립니다.

자, 이제 시작되었습니다.

부산 잔교(棧橋, 부두에서 선박에 걸쳐놓아 화물을 싣고 부리거나 선객이 오르내리게 된 다리)가 나타납니다. 평양 모란봉도 보이네요. 압록강 철교도 보입니다. 하지만 박수갈채를 받은 명감독의 얼굴이 보이지 않습니다.

십분 휴식시간에 조합 이사의 통역이 있었습니다. 달은 구름 속에 있습니다. 금연―이라는 느낌입니다. 통역하는 이사 얼굴에 전등의 '스포트라이트(Spotlight)'도 비쳤습니다. 산천초목이 모두 경동할 일입니다. 전등― 이곳 촌민들은 ○○행 자동차 '헤드라이트' 외에 전등을 본 일이 결코 없습니다. 그 눈부시게 밝은 광선속에서 창백한 이사는 강단(降壇, 단상에서 내려옴)하였습니다. 우매한 백성들은 이사의 통역에 단 한 사람도 박수를 치지 않았습니다. ― 물론 나 역시 그 우매한 백성 중 하나일 수밖에 없었습니다만―

밤 열한 시가 지나자, 영화감상은 '해피엔드'로 끝이 났습니다. 조합원과 영사기사는 단 하나밖에 없는 음식점에서 위로회를 열었습니다. 나는 객사로 돌아와서 죽어가는 등잔 심지를 돋우고 독서를 시작했습니다. 이웃 방에 묵고 있는 노신사께서 내 게으름과 우울을 훈계하는 뜻으로 빌려주신 것으로, 고우다 로한(幸田露伴) 박사가 지은《人의 道》라는 진서(珍書, 귀중한 책)입니다.

멀리서 개소리가 끊임없이 들려옵니다. 그윽한 '하이칼라' 방향(芳香, 꽃다운 향기, 좋은 냄새)을 못 잊는 사람들이 아직 헤어지지 않았나 봅니다.

구름이 걷히고 달이 나왔습니다. 벌레 소리가 마치 무도회의 창문이라도 열어놓은 것처럼 요란스럽기 그지없습니다.

알지도 못하는 낯선 이를 사모하는 도회인적인 향수가 있습니다. 신간 잡지의 표지처럼 신선한 여인들— '넥타이'와 동갑인 신사들, 그리고 창백한 여러 친구— 나를 기다리지 않는 고향— 도시에 내 나체의 말을 번역해서 보내주고 싶습니다. 잠—성경을 채자(採字, 좋은 글을 가려 뽑음) 하다가 엎질러 버린 인쇄 직공이 아무렇게나 주워 담은 지리멸렬한 활자의 꿈. 나도 갈가리 찢어진 사도가 되어서 세 번 아니라 열 번이라도 굶은 가족을 모른다고 하렵니다.

근심이 나를 제외한 세상보다도 훨씬 큽니다. 갑문(閘門, 수문)을 열면 폐허가 된 이 육신으로 근심의 조수가 스며들어 올 것입니다. 그러나 나는 나의 '메소이스트' 병마개를 아직 뽑지 않으렵니다. 근심은 나를 싸고 돌며, 그러는 동안 이 육신은 풍마우세(風磨雨洗, 바람에 닦이고 비에 씻겨나감)로 저절로 다 말라 없어지고 말 것이기 때문입니다.

밤의 슬픈 공기를 원고지 위에 깔고 얼굴 창백한 친구에게 편지를 씁니다. 그 속에 내 부고(訃告, 죽음을 알림)도 동봉하였습니다.

-1935년 9월 27일~10월 11일 〈매일신보〉

＊ 정인택

무력한 지식인의 과잉된 의식세계를 추적하는 심리주의적 경향을 띠는 작품을 많이 쓴 소설가. 주요 작품으로 《여수》, 《시계》, 《촉루》 등이 있다. 〈산촌여정〉은 이상의 수필 중 최고의 작품으로 일컬어지는 작품으로 이상이 요양차 친구의 고향인 평안북도 성천에 갔던 경험을 바탕으로 쓴 것이다. 여기에 등장하는 '정형'이라는 사람은 소설가 정인택으로 추정되고 있다.

필승전

김유정 | 소설가 안회남에게 보낸 편지

필승아.

나는 날로 몸이 꺼진다. 이제는 자리에서 일어나기조차 자유롭지 못하다. 밤에는 불면증으로 인해 괴로운 시간을 원망하며 누워있다. 그리고 맹열(猛熱, 몹시 뜨거운 열)이다. 아무리 생각해도 딱한 일이다. 이러다가는 안 되겠다. 달리, 도리를 차리지 않으면 이 몸을 다시는 일으키기 어렵겠다.

필승아.

나는 참말로 일어나고 싶다. 지금 나는 병마와 최후의 담판이다. 홍패(흥망)가 이 고비에 달려 있음을 내가 잘 안다. 나에게는 돈이 시급히 필요하다. 그 돈이 없는 것이다.

필승아.

돈 백 원을 만들어 볼 작정이다. 친구를 사랑하는 마음으로 네가 좀 조력하여 주기 바란다. 또 다시 탐정소설을 번역해 보고 싶다. 그 외에는 다른 길이 없기 때문이다. 그러니, 네가 보던 것 중 아주 대중화 되고 흥미 있는 걸로 두어 권 보내주기 바란다. 그러면 내 50일 이내로 번역하여 네게 보내줄 테니, 극력(힘껏) 주선하여 돈으로 바꿔서 보내 다오.

필승아.

물론 이것이 무리임을 잘 안다. 또 그렇게 되면 병이 더욱 깊어질 것이 틀림없다. 그러나 그 병을 위해 무리하지 않으면 안 된다. 돈이 생기면 우선 닭 30마리를 고아 먹겠다. 그리고 땅꾼을 들여 살모사와 구렁이를 10여 마리 먹어 보겠다. 그래야만 내가 다시 살아날 것이다. 그리고 궁둥이가 쏙쏙구리(쑥쑥) 돈을 잡아먹는다. 돈, 돈, 슬픈 일이다.

필승아.

나는 지금 막다른 골목에 맞닥뜨렸다. 나로 하여금 너의 팔에 의지하여 광명을 찾게 해다오. 요즘 나는 가끔 울면서 누워있다. 모두가 답답한 일뿐이다. 반가운 소식 전해다오, 기다리마.

3월 18일

김유정으로부터

• 죽기 11일 전 절친한 벗이자 휘문고보 동기생인 소설가 안회남에게 보낸 마지막 편지. 이렇듯 김유정은 생의 마지막 순간까지도 삶에 대한 의지를 놓지 않았던 것으로 보인다. 하지만 애석하게도 1937년 3월 29일 아침 6시 30분 숨을 거두고 말았다. 그의 나이 스물아홉 살이었다.

지용 형

김영랑 | 시인 정지용에게 보낸 편지

근자(近者, 요 얼마 되는 동안)에 형은 혼자 계실 적보다 친구를 만나면 한숨을 더 많이 쉬는 버릇이 생기셨지요? 그러니 형을 마주 붙잡고 앉은들, 어디 내 공격이 바로 맞을 리 있겠어요. 그릇된 선배를 정성껏 옹호하다가도 불본의(不本意, 본의가 아님)라는 듯이 한숨 한번 크게 쉬는 바람에 온 방안이 비창할 수도 있으니, 옹호는, 그런 한숨은 옳다고 할까요.

맹금(猛禽)의 한숨! 너무 잦아서야 될 말이요. 황금 꾀꼬리는 백옥(白玉) 비둘기 한 마리 찾아서 5월 하늘 밑 다도해를 날아오시오. 우리는 온전히 소생(蘇生)하지 않을까요.

- 1940년 5월 《여성》 5권 5호

* 정지용

참신한 이미지와 절제된 시어로 한국 현대시의 성숙에 결정적인 기틀을 마련했다는 평가를 받고 있다. 박용철, 김영랑, 이하윤 등과 함께 등과 함께 동인지 《시문학》을 발간하였으며, 이상의 시를 소개하여 그를 문단에 등단시키기도 했다. 대표작품으로 〈향수〉가 있다.

김동환 씨에게

이효석 | 시인 김동환에게 보낸 편지

김동환 씨.

혜서(惠書, 상대편의 편지를 높여 이르는 말) 받고 답장이 늦어서 미안합니다. 귀지(貴誌, 상대방의 잡지를 높여 부르는 말)는 2부 다 받았사오며 《삼천리》의 발전을 멀리서 비나이다.

생(生, 문어체에서, 말하는 이가 윗사람에게 자기를 낮추어 이르는 일인칭 대명사)은 박 씨 작고 후 병욕(병석)에 눕게 된 것이 늑막염으로 진단되어 우어금(于於今, 지금까지) 3개월간 앓아 오는 중입니다. 다행히 양의(良醫) 김 씨를 얻어 입원은 하지 않았으며, 매일 시료(施療, 무료로 치료하여 줌)한 결과, 입원 이상의 효과를 보고 있습니다. 아직 와병 중이나 작금 약간씩 기동하고 간신히 서간의 붓을 잡게 되었습니다. 약 주여(週餘, 일주일) 후부터 출입하여 볼까 생각하고 있습니다.

요즘은 누워서 마치 어린아이처럼 기뻐하며, 뜰 앞의 일광 초목을 바라보고 있습니다. 등한시 하던 건강의 필요를 이제는 새삼스럽게 느끼고 있습니다.

귀지(貴誌)의 새로운 계획에 찬동하느니만큼 말씀하신 원고를 쓸 생각은 많지만, 아직 거기까지 기력이 미치지 못합니다. 그러나 몸이 완전히 치료된 후 생각이 생기면 즉시 써서 보내겠습니다. 내일이라도 말입니다.

아무쪼록 건강하시길 비나이다.

—이효석 배(拜)

—창작연도 미상

＊김동환

두만강의 겨울밤을 배경으로 밀수하러 간 남편을 불안하게 기다리는 아내 마음을 담은 시로, 일제 치하 살벌하고 강압 지배에 신음하는 우리 민족의 비애를 그려낸, 우리나라 최초 서사시인 《국경의 밤》의 작가이자 소설가 최정희의 남편. 종합지 《삼천리》와 문예지 《삼천리문학》을 발행하기도 했다.

김동인 씨에게

이효석 | **소설가 김동인에게 보낸 편지**

근 십 년 전인가 관철동《삼천리(三千里)》에 들렀던 길에 파인(巴人, 김동환의 호)의 소개로 만나 뵌 것이 전무후무한 단번의 면오(面晤, 서로 만나서 이야기함)의 기회였던 듯싶습니다. 그러면서도 친하면 친했지 소격(疏隔, 지내는 사이가 두텁지 않고 서먹서먹함)한 느낌이 없음은 문학의 세계에서는 피차에 정신적 고통이 은연중에 잦은 까닭이 아닌가 합니다.

요새 권토중래(捲土重來)하셔서 다시 문학적 활동을 하심을 반가이 여깁니다.

아시는지 모르시는지, 현재 생은 표기의 주소, 즉 백씨(伯氏, 남의 맏형)인 김동원(김동인의 형) 씨의 저(邸, 집) 옆집에서 살고 있습니다.

작년 여름에 양덕(陽德) 가시는 길에 평양을 지나셨다는 소식을 들으면서도 만나 뵙지 못하고 지냈습니다. 어떻든 건강하시고 작품에 정진

하시기 바랍니다.

1939년 5월

—이효석 배(拜)

–1935년 5월《여성》

---

* 김동인

간결하고 현대적 문체로 문장 혁신에 공헌한 소설가. 최초의 문학동인지《창조》를 발간하였다. 사실주의적 수법을 사용하였고, 예술지상주의를 표방하며 순수문학 운동을 벌였다. 주요 작품으로〈배따라기〉,〈감자〉,〈광염 소나타〉등이 있다.

최정희 씨에게

이효석 | 소설가 최정희에게 보낸 편지

혜서 잘 받았소이다.

잡지를 통째로 맡아서 아주 바쁘시겠군요.

서울도 가을이 왔겠지요. 시간 되면 성북동에 가 보십시오. 서울의 가을은 그곳에서 100% 느낄 수 있는 것이외다.

이곳은 눈만 뜨면, 문밖만 나가면, 눈에 거슬리는 것이 모두 가을이외다. 멀리 허공을 깎아내린 고성의 벽, 그 옆으로 아물아물한 바다의 수평선, 그 이쪽의 들이 모두 질펀한 가을 벗이외다.

원고 〈나의 20세 전후〉 두어 장 써서 동봉합니다. 다른 원고도 쓸 생각은 늘 있지만, 집필 여가(餘暇, 일이 없어 남는 시간)가 없습니다.

익조, 잘 자라나요? 동선은 이제 웃기 시작하였습니다.

1932년 9월 29일

─이효석 배(拜)

금강산에 계신 문우에게

|

이효석 | 소설가 유진오에게 보낸 편지

아침저녁으로 시원해졌다고는 하나, 거리는 아직도 죽을 지경입니다. 금강산에 가본 지 벌써 몇 해나 되는지……. 사실 이렇게 무더울 때는 산속의 일국(一掬, 두 손으로 한 번 움킴. 또는 한 움큼)의 청량미가 간절히 생각납니다.

지난번에 오셨을 때는 별반 대접도 못 해드렸습니다. 연일 피곤만 하셨을 텐데, 미안합니다. 바로 떠나시던 날—그날은 아마 가장 재미있는 날이 되었을 것입니다.

형은 발이 빨랐습니다. K형의 집을 찾았을 때, 형이 이미 아침 차로 떠났다는 말을 듣고 미상불(아닌 게 아니라) 섭섭한 마음을 금할 수 없었습니다. 때마침 시골에서 왔던 어떤 문학 부인이 형을 한번 만나 뵈었으면 하는 청이 제게 들어왔습니다. 그래서 그날로 그 부인을 만나볼까 싶었지만, 애틋하게도 형의 자태는 이미 사라진 뒤였습니다. 이 소식을 들으면 형 역시 아마 나와 같은 심정을 금하지 못할 것입니다.

　그날은 별수 없이 K와 C, 두 형과 함께 거리로 나가 다방, 영화관, 식당을 순례하며 하루를 지웠습니다. 그 후 그 두 분과 짝이 되어 날마다 대동강행—보트와 맥주, 수영, 일광욕, 천렵, 잡담과의 일과(日課). 일주일을 채 못 넘겨 전신이 새까맣게 그을리고, 어깻죽지는 쓰라리게 되었습니다. 어떻게 보면 피서인 셈이지만, 아무래도 산이나 바다만은 못한 것 같아서 다시 집에 들어앉기 시작했더니, 하루에 세 차례씩 냉수욕을 해도 몸에 땀이 되(升, 부피의 단위. 한 되는 한 말의 10분의 1, 한 홉의 열 배로 약 1.8리터에 해당함)로 흐를 지경입니다. 그저 올 한여름도 그러다 말 것 같습니다.

　그러고 보니 제 이야기만 했습니다.

　계획하신 전작 소설 집필은 잘 진척되시는지, 시원한 산속에서라면 아마도 제 생각에는 하루 20매는 넘었을 것 같습니다. 저처럼 짧은 시간에 되건 안 되건 복닥거려 넘기지 않고, 상당히 오랜 기일을 두고 착상하고 집필하시니 반드시 넉넉하고 주밀한 좋은 작품이 되리라 믿습니다. 정진하셔서 문학에 빛을 더하십시오.

　조선 문학의 뜻이 별안간 새로워지고 차차 넓게 중목(衆目, 많은 사람의 눈) 앞에 나타나게 되니, 문학인의 준비와 기품 역시 이전보다는 일단의 비약이 있어야 할 것 같습니다. 어떻든 좋은 작품이 아니고는 행세 못할 때가 온 것입니다. 자연의 형세입니다.

　책도 별반 읽지 못하고, 글자대로 땀만 흘리며, 우유무위(優游無爲, 목표한 바를 이루지 못한 채 편하고 한가롭게 지냄)의 여름을 보내고 있습니다. 그러나 아직도 휴가가 한 달 폭(정도)은 남았으니, 또 무슨 변동이라도 생기지 않을지 걱정입니다. 남은 여름을 즐겁게 기다립니다. 자꾸 틀어져만 가는 북지(北支, 중국 북부지방) 여행도 가을까지는 해볼까 합니다.

편안하기를 빌며, 다음 편지에는 산속의 소식이나 그득 전해주시면 앉은 채 산바람을 쐬어 볼까 합니다.

8월 12일

―제(弟) 이효석 배

* 유진오

법학자이자 소설가, 정치가. 일찍이 프롤레타리아 문학관에 동조, 이효석과 더불어 동반작가로 활동했다. 그러나 광복 후 문단을 떠나 법학자로 대한민국 헌법을 기초하고, 초대 법제처장, 고려대학 총장, 신민당 당수 등을 역임했다. 주요 작품으로 《김강사와 T교수》, 《창랑정기》 등이 있다.

한 의학생의 편지

노자영 | 의학 전문학교에 재학 중인 후배에게 받은 편지

오래만이다, 형아. 형과 헤어진 지도 벌써 4년째다. 세정(世情, 세상의 사정이나 형편. 또는 세상 사람들의 인심)의 변동이 격했던 탓일까? 그 때가 아득한 옛일만 같다.

형아! 나는 형의 편지로 온갖 역경 속에서 삶의 고진을 맛보면서도 아 직까지 양심을 부르짖고 있는 형을 발견하고 커다란 충격을 받았다. 험 악한 세상에서 참과 정의의 최후의 아성에 이르러 악전고투하고 있는 형 을 생각할 때, 나 자신은 온갖 부정과 증오, 멸시의 대상이 되고 만다.

형은 이렇게 쓰지 않았느냐?

'모든 과거와 허물로 찬 기억의 페이지를 깨끗이 불살라 버리고 새로 운 마음으로 새로운 벗을 대하듯 새로운 이야기를 하여보자.'고 그리고 '그것을 끝까지 양심에 충실해지려는 갸륵한 마음에서다.'라고.

형아! 우리의 과거는 확실히 허물에 가득 찬 생활이었다. 그러나 지금

의 나는 '허물에 가득한 과거'보다도 더 더럽고 그릇된 생활을 영위하고 있다.

세상의 모든 모순과 비극에 대하여 지난날 우리의 어린 주먹은 몇 번이나 그를 저주하였던가? 그리고 정사선악(正邪善惡, 바른 것과 간사한 것, 착한 것과 악한 것을 아울러 이르는 말)에 대한 간사한 악의 감정은 어렴풋하게 구별되어 있지 않았던가?

그러나 그 후 그 존귀하고 깨끗한 동심은 얄궂은 나의 공리심의 성장 아래 차차 좀먹기 시작하였으며, 결국 위태로운 마음의 싹은 마침내 시들고 말았다.

형아! 그 뒤부터는 각각 변모하는 주위의 현실에 대해 무기력한 추종과 비겁한 아첨을 내세우는 것도, 겨우 삶의 길을 찾으려는 진부한 처세술이 나의 전부를 차지하고 말았다. 그리하여 요즈음 사람들이 흔히 우리 학생들을 평하듯이 장래에 대한 희망과 이상과 포부를 잃었을 뿐만 아니라, 나 자신에 대한 신뢰와 신념까지 모두 잃고 말았다. 비겁하고 위선적이면서도 극히 교활하고 타산적인 인간이 되고 만 것이다. 내게는 청년의 사회적 책무도, 아무것도 없다. 학생의 목표, 임무…… 운운하는 것에 대한, 나의 고막은 경화(硬化, 몸의 조직 따위가 단단하게 굳어짐) 하고 말았다.

형아! 나를 마음껏 욕하여다오!

나는 의학생이지만 '의학은 인술(仁術)이다'는 말을 저버린 지 이미 오래다. 나의 눈에는 벌써 환자의 돈주머니가 얼씬거린다. 만일 내게 희망과 이상이 있다면 그것은 의사의 특권을 이용하여 돈을 모으고 그것으로 남보다 좀 더 윤택한 경제적 생활을 하려는 동물적인 욕망뿐이다. 이것이 3년간 의학을 배운 오늘의 나다.

이런 나에게 아직도 진지한 삶의 태도를 잃지 않고 굳센 의지로 사회의 온갖 저항과 싸워가고 있는 형의 진심을 토로(吐露)한 정열의 일서(一書)는 큰 충격과 파문을 일으키고도 남음이 있었다. 실로 나는 형의 편지속에서 날카로운 비판 정신과 거짓 없는 반성의 거울을 발견하고, 나 자신이 너무도 변해버린 모양과 타락해버린 인생관에 스스로 놀라지 않을 수 없었다.

오만 · 자존 · 아부 · 질투 · 광기 · 이기주의 · 독선주의 · 관료주의 · 데카당스 · 무기력 · 우울 · 고민 · 절망, 그리고 봉건적인 한계를 조금도 넘지 못한 진부한 여성관 — 이 모든 것이 부정되고, 청산되어야할 것에 대해 가슴은 다시 파동을 치기 시작한다. 그리하여 전신은 또다시 와글와글 끓어 올라오는 젊은 정열의 피로 인해 불덩이처럼 뜨거워진다. 참으로, 형은 나의 꺼져가는 양심의 등잔에 귀중한 기름 한 방울을 던져 주었다.

아! 나는 이제까지 얼마나 벗을 그리워하였던가? 나를 둘러싼 억울한 환경의 여러 가지 자극이 눈으로, 귀로 숨어들어 가슴에 뭉쳐서 불덩이의 울분이 되어 끓어오를 때, 말없는 벽을 향해 함께 고민하고, 함께 의논할 수 있는 벗 없는 고독 속에서 눈물을 흘려 가며 슬퍼한 적이 한두 번이 아니었다.

형아! 그러던 내게 지금 나타난 형의 존재가 얼마나 믿음직하고 위안이 되는지 모른다. 하지만 어린 시절의 벗을 같은 뜻의 연결 위에서 재발견하는 기쁨이 어찌 옛 친구를 만나는 단순한 기쁨에 비길 수 있으랴.

형아! 나도 이제는 재출발하련다. 건실한 인생관과 세계관을 가지고 나의 개성을 주장하련다. 그리하여 한 사람의 양심적인 문화인이 되어 보련다. 그리고 직업인으로서의 의사가 아니라 인간으로서의 의사가 되어 보련다.

인생이란 결국 유한한 것이 아니냐? 이 유한한 인생에 길고 짧음이 있음은 무슨 관심이랴? 다만, 몇 해라도 가치 있는 생애를 보내다 죽으면 그것이 오히려 참다운 인생이 아니겠냐? 공리주의자 철학자 '밀' 역시 행복한 돼지보다는 불행한 소크라테스가 되는 것에, 참다운 행복이 있다고 하지 않았는가?

* 이 편지는 세전 의과(世專 醫科, 세브란스 의학전문학교)에 재학 중인 R 씨의 편지다.

- 1939년 서간집 《나의 화환》

옥룡암에서

이육사 | 시인 신석초에게 보낸 편지

석초 형! 내가 모든 의례와 형식을 떠나 먼저 붓을 들어 투병의 일단(一端, 사물의 한 부분)을 호소함은 얼마나 나의 생활이 고단한가를 형이 짐작해주리라고 생각하기 때문이오.

석초 형! 나는 지금 이 넓은 천지에 진실로 나 하나만 남아 있는 것처럼 외롭기 그지없다는 것을 형은 짐작하리다.

석초 형! 내가 지금 있는 곳은 경주읍에서 불국사로 가는 도중의 십 리 허(許, 쯤)에 있는, 옛날 신라가 번성할 때 신인사(神印寺) 고지(古趾, 옛 문화를 보여 주는 건물이나 터)에 있는 조그만 암자이다.

마침 접동새(소쩍새)가 울고 가면 내 생활도 한층 화려해질 수 있다. 그래서 군이 먼저 편지라도 한 장 해주리라고 바라면서도 형의 게으름(?)에 가망이 없음을 알고, 내 먼저 주제넘게 호소하지 않는가?

석초 형! 혹 여름에 피서라도 가서 복약이라도 하려면 이곳으로 오려무나. 생활비가 저렴하고 사람들이 순박한 것이 천 년 전이나 같은 듯하다. 그리고 답하여라. 나는 3개 월정도 더 이곳에 있을 것이다. 또 웬만하면 영영 이 산 밖을 나가지 않고 승(僧)이 될지도 모르겠다. 그것이 곧 부럽고 편한듯하오.

　서울은 언제 갔던가? 아무튼 경주 구경 한 번 더 하여 보려무나. 몇 번이나 시를 쓰려고 애를 썼으나 아직 머리가 정리되지 않아 쓰지 못하였다. 시편(詩篇, 시를 모아 묶은 책)이 있거든 보내 주기 바라면서 일체의 문후(問候, 웃어른에게 안부(를 여쭘)는 궐(厥, 다함)하며, 이만 끝.

칠월 십 일

이육사

－1942년

정희에게

|

노천명 | 소설가 최정희에게 보낸 편지

정희!

당신의 따뜻한 우정 고마웠소. 정말 나는 푹 쉬고 왔소. 마치 언 몸이 뜨끈뜨끈한 방에 들어가 몸을 녹이고 온 것 같은 감(感, 느낌)이오. 하지만 부산에 오니 몸은 다시 꽁꽁 얼어들어오는 것 같소. 당신과 둘이서만 갖는 시간이 적었던 것이 유감이오.

어찌하여 나는 이렇게 외로워야 하는지 모르겠소! 동행한 빙글빙글 웃어야 했던 신사가 나를 고맙게 잘 모셔는 주었소만 이런 나와 아무 상관이 없는 사람들의 친절은 차라리 내가 좋아하는 사람의 매만도 못하다는 것을 당신을 알게요.

마음을 진정하고 이제부터는 작품을 쓸 생각이오. 최인욱 씨가 오늘은 또 몇 차례나 토크와 사진이 맞지 않았는지, 구상은 몇 번이나 악을 쏘아대면서 대들었는지 — 모두 다 그리워졌소. 너무 구박해서 후회되오. 가는 곳마다 그 말을 좀 못하게 해요, 응.

부탁이오. 나를 대구로 데려가주. 나는 아직 금강 다방엘 안 나갔소. 웅크리고 앉아서 직업적 원고를 써서 주는 이 순간 내 마음은 대구로 자꾸만 달린다오. 한 사람도, 그래 정말이지 단 한 사람도 내 맘을 붙드는 인간이 여기는 없소.

참, 여보! 빙글빙글 웃는 사람이 당신과 연애 좀 하게 해달라고 하더군. 어때 편지하오. 황 여사에게 안부 전해주오. 훗날 또 쓸게 ― 오늘은 내가 우울하오. 밖엔 바람이 몹시 부오.

-창작연도 미상

*** 최정희**

1931년 종합잡지 《삼천리》 여기자로 활동하며 시인 김동환과 결혼하였다. 1932년 《시대공론》에 단편소설 〈명일의 식대〉, 1933년 《형상》에 〈성좌〉를 발표하면서 문단에 데뷔, 이후 많은 순수소설을 발표하였다. 특히 1960년 발표한 대표작 〈인간사〉는 일제 말기에서 8 · 15광복, 남북분단, 6 · 25전쟁을 거쳐 4 · 19혁명에 이르기까지의 사회적 · 역사적 변천사를 그리고 있다.

민촌 형에게

|

윤기정 | 소설가 이기영에게 보낸 편지

그동안 안녕하십니까? 아이들도 학교에 잘 다니고, 원고 많이 쓰셨습니까?

저는 어제야 겨우 볼 일을 대충 마치고 오늘 아침 9시에 자동차를 타고 서울을 떠나 이곳으로 다시 왔습니다.

서울에 머무는 동안 종로에서 ×군을 만났습니다. 그에게 얼마 전부터 우리 사이에서 숙제로 내려오던 웅어잡이 뱃놀이를 즉시 실행에 옮겨보자며, 엄 군, 송 군, 그리고 형과 나눴던 말을 전했습니다. 그랬더니, "여기서도 강까지 가려면 족히 이십 리는 가야 하니, 이쪽에서 모이는 것보다 차라리 기차를 타고 수색으로 가서 그곳에서 만나자."고 하더군요. 거기서 내리면 약 오 리 정도만 가면 된다고 합니다. 제 생각에도 그렇게 하는 편이 차비도 덜 들 뿐만 아니라 수고도 덜 수 있을 것 같아, 다음다음 주 일요일로 약속을 정한 후 경의선 첫차를 타기로 하였습니다.

엄흥섭, 세영, 송영, 박아지 외에도 형이 따로 생각하는 사람이 있다면, 수고롭지만 날짜와 시간을 전해주십시오.

민촌 형! 저는 지금 그날의 즐거움을 눈앞에서 그려가며 기뻐하고 있습니다.

어느 해인가, 강화도 서쪽 끝 해변에서 온종일 홀로 낚시를 꽂고 앉아 있었던 적이 있습니다. 그날 저는 단 두 마리밖에 고기를 낚지 못했지만, 희열에 못 이겨 어린아이처럼 껑충껑충 뛰며 기뻐했습니다. 그때를 생각하면 형과 여러 벗과 함께 즐길 그날은 한층 더 행복할 것 같습니다. 하지만 그날이 너무 먼 것처럼 느껴지는 것은 왜일까요.

어린 시절, 한여름 장마 때 개울에 들어가서 송사리 떼를 쫓아다니던 일, 미꾸라지를 움켜쥐며 놀던 일이 생각납니다. 물에 들어 선지 몇십 분 만에야 겨우 미꾸라지나 송사리 한 마리를 잡았을 뿐인데, 어찌나 기분이 좋던지……. 비할 데 없는 기쁨에 넘치던 그때를 추억하니, 다음다음 주 일요일에 우리 앞에 벌어질 웅어잡이 뱃놀이가 얼마나 즐거울지, 다시 돌아올 수 없는 유년 시절이 마음 한 귀퉁이에 소리 없이 스며듭니다. 아무튼, 그날 하루 즐겁게 놀았으면 합니다. 웅어 고추장에 생치 쌈을 맛있게 먹어가며 문학 이야기도 나눕시다.

민촌 형! 오늘은 매우 더웠습니다. 자동차에서 내려서 약 30분 정도 걷는 동안 이마에서 땀이 흐르더니, 절 입구에 들어서면서부터는 땀이 걷히고 제법 서늘해지더군요. 녹음이 우거질 대로 우거졌더이다. 아카시아 꽃은 벌써 떨어지기 시작해 훈향(燻香, 훈훈한 향기)을 물씬 풍기며 잎사귀

와 함께 바람에 나부끼고, 떨어진 꽃은 미풍이 불 때마다 이리저리 뒹굴고 있었습니다. 아카시아 그늘진 속을 거닐며 꽃향기를 마음껏 들이마셨습니다. 그리고 흩어진 꽃을 밟으며, 귀를 스치고 지나가는 소리와 오장육부까지 스며드는 뻐꾸기 소리를 들으면서 천천히 걸었습니다. 그 정취란, 시인이 아닌 저로서도 시적 정서에 잠기기에 충분했습니다.

이곳에 온 뒤 하루도 빠짐없이—아침 일찍 혹은 식사를 한 뒤—그 길을 걷습니다. 천천히 거닐다가 갑자기 우뚝 서기도 하고, 끝없는 공상에 빠지며 저 자신조차도 잊어버리기도 합니다. 명상과 반성, 그리고 깊은 사색을 통해 소설을 구상하고, 이미 구상한 것을 더욱 숙성시키는 곳 역시 이 길입니다. 그러니 이 길이야말로 내 문학적 생활의 동반자이며, 예술적 소질을 싹틔우는 매우 소중한 공간입니다.

민촌 형! 사실 저는 이미 오래전에 봄을 잊어버렸습니다. 그러다 보니 해마다 봄이 올지언정, 그 아름다움과 흥취를 알 길이 없습니다.

시 역시 잊어버렸습니다. 예술과 등을 진 것입니다. 시상(詩想)을 느껴 다른 사람에게 호소할 듯싶다가도, 예술적 감흥에 잠겨 그 감정을 표현할까 싶다가도 이내 모든 것을 잊어버리고 맙니다. 문학으로 일생을 마치려던 계획이 중도에 이르러 어긋나고 만 것입니다. 기실(其實, 실제의 사정. '사실은' 또는 '실제 사정'으로 순화), 저는 더는 문학도(文學徒, 문학을 전문적으로 배우고 연구하는 사람)가 아닙니다. 적어도 형만은 거짓 없는 제 고백을 인정해주리라 믿습니다. 엄밀히 말해서 저는 단체의 일원으로서 운동가였을 뿐이지, 문학가는 아니었습니다. 형은 제가 걸어온 길을 누구보다 더 잘 알고 있을 것입니다. 그러니 지금 제가 하는 말 역시 충분히 이해해주리라 믿습니다.

민촌 형! 앞으로 제 삶을 문학에 바치고자 합니다. 과거에 끼적거렸던 몇 안 되는 부끄러운 작품은 모두 잊어버리고 진실 된 마음으로 새로운 작품을 꾸준히 쓸 생각입니다. 이에 저는 이제부터 새롭게 거듭날 것입니다. 부디, 많은 도움 부탁드립니다.

앞으로 소설 쓰기에 온 힘을 기울일 생각입니다. 하지만 생각만 가득할 뿐, 도무지 자신이 없습니다. 그리고 보면 저는 예술적 재능을 타고난 것 같진 않습니다. 그러니 공연히 헛된 노력만 하는 건 아닐까도 싶습니다. 그렇더라도 이왕 문학을 위해 몸을 바치기로 했으니, 어찌 노력하지 않을 수 있겠습니까.

민촌 형! 엄 군, 송 군, 양 군에게도 안부 전해주십시오. 또 그 전에 서울에 가지 못하면 다음다음 주 일요일 수색역에서 뵙겠습니다. 그때까지 좋은 글 많이 쓰시고, 안녕히 계십시오.

6월 6일 진관사에서

─제(弟) 기정

– 1960년 《현대조선문학선집》

＊ 이기영

1925년 카프에 가담한 이후 경향문학의 대표적 작가로서 독보적인 위치를 차지하였고, 카프의 조직과 창작 양면에서 맹활약하였다. 특히 하층민의 삶을 탐구, 구체적으로 형상화한 작품으로 문단의 주목을 받았다. 주요 작품으로 〈고향〉, 〈서화〉, 〈민촌〉 등이 있다.

김환기 형에게

|

계용묵 | 화가 김환기에게 보낸 편지

　형뿐만 아니라, "왜 제주도에 묻혀 있는지 모르겠다."는 말을 여러 친구에게 듣고 있소. 하기야, 제주는 또 제주대로 재미가 있을 테지, 라는 말도 듣소. 그러나 다 내 속을 모르는 말뿐이오.

　내가 제주에 떨어질 적에는 해녀가 따는 전복이 맛도 있으려니, 돌담 안에 우거진 동백꽃의 고유한 정서가 피난에 쫓긴 애달픈 심정을 어루만져도 주려니 했던 것이 솔직한 심정이었고, 그리하여 시미창일(詩味漲溢, 시가 나타내는 정취가 넘쳐흐름) 한 전복으로 고유한 정서 속에서 마음껏 배 불리고 취해보리라는 생각도 없진 않았소. 그래서 짐을 아주 풀어놓았던 것인데, 그것이 친구들에게 여러 가지 억측을 빚게 한 것이 아닌가 하오. 그러나 해녀가 따는 전복 맛도, 동백꽃의 정서도 나와는 인연이 멀었소.

　제주가 내 발목을 붙잡은 것은 오직 한 가지 민속적인 정서 그것이 아닌가 하오. 이 민속적인 면에는 원시적인 것과 더불어 순수적인 것이 따라다니고, 그 두 가지는 예술과 통하는 길이므로, 나도 모르게 나를 어루만지는 것이 아닌가 싶은 것뿐이오. 하기는 먹고 사는 사람이 하루 같이 일 년여를 양쌀밥(안남미로 지은 밥)으로 견디면서 뻗대는 것은 형의 말마따나 잘도 견디는 셈이긴 하오.

작년 여름, 형이 그 큰 키에다 군복을 입고 동부인하고 제주에 나타났을 때 〈카네이션〉 다방에서 주객이 전도되어 형이 차를 샀지요. 또 그것도 모자라 평양냉면집에서도 형이 점심을 샀지요. 그리고 그 자리를 홀홀히 떠나면서, 내게 가운데 구멍이 뚫린 제주 돌 하나만 구해서 나오라며 부탁을 했지요. 그러나 그런 돌이 어디 쉽게 구해지는 것이 아니구려. 산에 오를 때나 바닷가를 거닐 때면 행여나 그런 돌이 눈에 띌까 일심으로 헤적거려(무엇을 찾으려고 자꾸 들추거나 파서 헤침)봤지만 허사였소. 하필, 왜 구멍 뚫어진 돌을 부탁한단 말이오. 혹시 그런 돌이 있나 더 찾았다간 미친놈이 될 것 같기에 아예 단념했으니, 돌 생각은 아주 잊으시오.

피난 다니면서 전람회를 다 열고, 참 장하오. 나는 제주 일 년에 무엇을 했는지 그 잘난 작품 나부랭이 하나 만들지 못하고 노상에서 세월을 보냈구려.

형의 정열이 참 부럽소. 그래, 몇 점이나 내놓았던 것이오? 제목은 다 형의 독특한 시였겠지요? 나는 형의 개전(個展, 개인전)을 볼 때마다 그 제(題, 제목)에 늘 깊은 인상을 받으오.

재미있는 글이 써지면 알려주시오. 나도 부산 한번 나가려 하오. 안녕하시오.

2월 27일, 제주 칠성동 다원(茶園) 동백에서

-1952년 9월《신문화》

● 김환기

서양화가. 한국 근현대미술사를 대표하는 거장으로 서구 모더니즘을 한국화했다는 평가를 받고 있다. 초창기 추상미술의 선구자였고, 프랑스와 미국에서 활동하며 한국미술의 국제화를 이끌었다. 이미지가 걸러진 절제된 조형성과 한국적 시 정신을 바탕으로 한국회화의 정체성을 구현해냈다. 한때 문학을 전공할까 생각할 만큼 글쓰기를 좋아하고, 그 실력이 뛰어나 미술이나 일상에 대한 생각을 꾸준히 일기로 남기기도 했다.

3장 나는 지금 당신이라는 병을 앓고 있습니다

그간 당신은 내게 크다란 고독과 참을 수 없는 쓸쓸함을
준 사람입니다. 나는 닷시금 잘 알 수가 없어지고 이젠 당
신이 이상하게 미워지려구까지 합니다.

혹 나는 당신 앞에 지나친 신경질이엿는지는 모루나 아무
튼 점점 당신이 머러지고 잇단 것을 어느날 나는 확실이
알엇섯고…… 그래서 나는 돌아오는 거름(걸음)이 말할
수없이 헛전하고 외로웟습니다. 그야말노 모연한 시윗길
을 혼자 걸으면서 나는 별 리유도, 까닭도 없이 작구(자꾸)
눈물이 쏘다지려구해서 죽을 번햇습니다

정희에게

|

이　상 | 소설가 최정희에게 보낸 편지

지금 편지를 받엇스나 엇전지(어쩐지) 당신이 내게 준 글이라고는 잘 믿어지지 안는 것이 슬품니다. 당신이 내게 이러한 것을 경험케 하기 발서(벌써) 두 번째입니다. 그 한번이 내 시골 잇든 때입니다.

이른 말 허면 우슬지(웃을지) 모루나, 그간 당신은 내게 크다란 고독과 참을 수 없는 쓸쓸함을 준 사람입니다. 나는 닷시금 잘 알 수가 없어지고, 이젠 당신이 이상하게 미워지려구까지 합니다.

혹 나는 당신 앞에 지나친 신경질이엿는지는 모루나 아무튼 점점 당신이 머러지고 잇단 것을 어느날 나는 확실이 알엇섯고…… 그래서 나는 돌아오는 거름(걸음)이 말할수 없이 헛전하고 외로웠습니다. 그야말노 모연한 시욋길을 혼자 걸으면서 나는 별 리유도, 까닭도 없이 작구(자꾸) 눈물이 쏘다지려구 해서 죽을 번햇습니다.

집에 오는 길노(길로) 나는 당신에게 긴 편지를 썼습니다. 물론 어린애

같은, 당신이 보면 우슬(웃을) 편지입니다.

정히야, 나는 네 앞에서 결코 현명한 벗은 못됫섯다. 그러나 우리는 즐거엇섯다. 내 이제 너와 더불러 즐거웠던 순간을 무듬(무덤) 속에 가도 니즐(잊을) 순 없다. 하지만 너는 나처름 어리석진 않엇다. 물론 이러한 너를 나는 나무라지도, 미워하지도 안는다. 오히려 이제 네가 따르려는 것 앞에서 네가 복되고 밝기 거울 갖기를 빌지도 모룬다.

정히야, 나는 이제 너를 떠나는 슬품을, 너를 니즐(잊을) 수 없어 얼마든지 참으려구 한다. 하지만 정히야, 이건 언제라도 조타(좋다). 네가 백발일 때도 조코, 래일이래도 조타. 만일 네 '마음'이 흐리고 어리석은 마음이 아니라 네 별보다도 더또렷하고, 하늘보다도 더 높은 네 아름다운 마음이 행여 날 찾거든 혹시 그러한 날이오거든 너는 부듸 내게로 와다고—. 나는 진정 네가 조타. 웬일인지 모루겟다. 네 적은 입이 조코 목들미(목덜미)가 조코 볼다구니도 조타. 나는 이후 남은 세월을 정히야 너를 위해 네가 닷시 오기 위해 저 夜空(저녁하늘)의 별을 바라보듯 잠잠이 사러가련다

하는 어리석은 수작이엿스나, 나는 이것을 당신께 보내지 않엇습니다. 당신 앞엔 나보다도 기가 차게 현명한 벗이 허다히 잇슬 줄을 알엇기 때문입니다. 그래서 단지나도 당신처름 약어보려구 햇슬(했을) 뿐입니다.

그러나 내 고향은 역시 어리석엇든지 내가 글을 쓰겟다면 무척 좋아하든 당신아— 우리 글을 쓰고, 서로 즐기고, 언제까지나 떠나지 말자고, 어

린애처름 속삭이든 기억이 내 마음을 오래두록 언짢게 하는 것을 엇지 할수가 없엇습니다. 정말 나는 당신을 위해—아니, 당신이 글을 스면 좋겟다구 해서 쓰기로 헌 셈이니까요—.

당신이 날 맛나고 싶다고 햇스니 맛나드리겟습니다. 그러나 이제 내 맘도 무한 허트저(흩어져) 당신 잇는 곳엔 잘 가지지가 않습니다.

금년 마지막 날 오후 다섯 시에 후루사토(故郷, 고향)라는 집에서 맛나기로 합시다.

회답 주시기 바랍니다.

—이상

-1935년

사랑하는 까닭에

이효석 | 사랑하는 사람에게 보내는 편지글 형식의 산문

××에게 보내는 글발, 순정의 편지

번번이 잘도 끊어지는 기타의 높은 E 선을 새로 갈고 메르츠(Johann Kasper Mertz, 세계적인 기타 연주자)의 〈바르카롤(barcarolle, 이탈리아 베네치아의 곤돌라 사공의 노래)〉을 익혀 갈 때 한 소절 한 소절에 열정이 담기고, E 선은 간장을 녹일 듯한 애끓는 멜로디를 지어 갑니다. 나는 그 멜로디 속에 아름다운 뱃노래를 듣는 것이 아니라 항상 고요한 정경을 그리고 그대의 환영을 그려보곤 하오. 그러나 이상스런 것은 가장 잘 기억하고 있어야 할 그대의 얼굴이 아무리 애써도 생각나지 않은 때가 있는 것이요. 애쓰면 애쓸수록, 마치 익히지 못한 곡조와도 같이 얼굴의 모습은 조각조각 부서져 마음속에 이지러져 버려—문득 눈망울이 똑똑히 솟아오르나 코 맵시는 물에 풀린 그림같이 흐려지고, 턱의 윤곽이 분명히 생각날 때 입의 표정이 끝까지 떠오르지 않는구려. 코 · 입 · 눈 ·

사랑을 쓰다
그리다
그리워하다

이마·턱·귓불—이 모든 아름다운 것은 한군데 모여 똑똑히 조화되는 법 없이 장장이(하나하나의 낱장마다 빠짐없이) 날아 떨어진 꽃 판과도 같이 제각각 흩어져 심술궂게 나의 마음을 조롱합니다. 흩어진 조각을 모아 기어코 아름다운 꿈의 탑을 쌓아 보려고 안타깝게 애쓰지만 이렇게 시작된 날은 이지러지기 시작하는 〈바르카롤〉의 곡조와도 같이 끝끝내 헛일일 뿐이다.

어여쁜 님이여! 심술궂은 얼굴이여! 나는 짜증을 내며 악기를 던지고 창기슭을 기어드는 우거진 겨우살이를 바라보거나 뜰에 나가 화초사이를 거닐거나 하면서 톡톡히 복수할 방법을 생각하지요. 이번에 만날 때는 한시라도 그대를 내 곁에서 떠나게 하나 보지. 하루면 스물네 시간, 회화할 때나 책을 읽을 때나 풀밭에 앉아 생각에 잠길 때나 내 눈은 다만 그대의 얼굴을 위하여 생긴 것인 듯이 그대의 얼굴에서 잠시라도 시선을 옮기나 보지. 한 점 한 줄의 윤곽을 끌로 마음 벽에 새겨놓거든 그것이 유일의 복수의 방법이라고 생각하니까 말이요.

화단의 꽃이 한창 아름다운 게 여름도 아마 거의 끝나나 보오. 올해는 그리운 바다에도, 산에도 가지 못하고 무더운 거리에서 결국 한여름을 다 지나게 되었구려.

화단에 조개껍데기가 없으니 바닷 소리를 들을 수 없고, 뜰에 사시나무가 없으니 산속의 숨결 또한 느낄 수 없지만, 그대를 그리워하는 괴로움에 비하면 그런 무료함은 얼마든지 견딜 수 있소.

그러나 가을. 다가오는 가을! 아름답게 빛나면서도 안타깝게 뼈를 찌르는 가을! 새어드는 가을과 함께 그대를 그리워하는 회포가 얼마나 나의 간장을 찌를지 나는 겁내는 것이요. 물드는 나뭇잎도 요란한 벌레 소리도 그대의 자태가 내 곁에 없고서야 무슨 소용이 있겠소. 나는 그대를 생각지 않고 자연을 그리워한 적은 한 번도 없었소. 벌레 소리 그친 찬 새벽 침대 위에서 눈을 뜬 채 나는 필연코 울 것이요. 자칫하다가는 어린애같이 엉엉 울 것이요. 이 큰 어린아이를 달래줄 어머니는 세상에 없을 법하오. 사랑은 만족을 모르는 바닷속과도 같다고나 할까.

가령, 나는 진달래꽃을 잘강잘강 씹듯이 그대를 먹어 버린다고 하여도 오히려 차지 못할 것이며, 사랑은 안타깝고, 아름답고, 슬픈 것—아름다우니까 슬픈 것—슬프리만치 아름다운 것입니다. 내가 우는 것은 그 아름다운 정을 못 잊어서지요. 사랑 앞에 목숨이란 다 무엇하자는 것일까. 희망과 야심과 계획의 감격이 일찍이 사랑의 감동을 넘은 때가 있었던가. 사랑 때문이라면 이 몸이 타서 재가 된다고 해도 겁이 나지 않소. 아니 차라리 그것을 원하오.

사랑하는 님이여! 나를 태우소서! 깨트리소서! 와싹 부숴버리소서! 아, 그 순간 나는 얼마나 아름답게 빛날 것인가. 흩어지는 불꽃같이, 사라지는 곡조같이 아름다운 것이 또 어디 있겠소? 그 특권의 노예가 됨이 내게는 도리어 영광이요.

사랑을 말할 때 수백 마딘들 충분하겠소? 수천 줄인들 많다 하겠소?

고금(古今, 예전과 지금을 아울러 이르는 말)의 시인의 노래를 다 모아 보아야 그대를 표현하고 내 회포를 아뢰기에는 오히려 부족한 것을 어찌

하겠소. 나는 다만 잠자코 그대를 생각하는 수밖에 없소. 생각하고, 꿈꾸고―이것이 지금 나의 단 하나의 사랑의 길인 것이요. 이 뜨거운 생각의 숨결은 부지불식간에 허공을 날아가 스스로 그대의 가슴을 덥히고 불붙일 것이오.

이 밤도 나는 촛불을 돋우고 한결같이 님을 생각하려 하오. 초가 진하면 다른 가락을 켜고 마저 진하면 창을 열고 달빛을 받지요. 그대를 생각할 때만은 나는 끈기 있게 책상 앞에 몇 시간이든지 잠자코 앉아 있을 수 있는 재주를 가졌소. 아무것도 하는 법 없이 바보같이, 돌부처같이 말 한마디 없이 똑같은 모습으로 언제까지든지 앉았을 수 있소. 나는 언제부터 이 놀라운 재주를 배웠는지도 모르오. 가난은 하나 세상에서 따를 사람 없을 이 놀라운 재주를!

날이 청명한 것이 오늘 밤에는 벌레 소리가 어지간히 요란할 것 같소.

가슴속이 한층 어지러워질 것이나 그대를 향한 생각의 열정은 공중으로 달아나는 외줄의 쇠줄과도 같이 곧고 강하고 줄기찰 것이요.

생각에 지쳐 자리에 쓰러지면 부드러운 달빛이 온통 내 전신을 적셔 줄 것이니, 부디 님이여 달빛을 타고 이 밤에 내 꿈속에 숨어드소서. 그대의 날개가 자유롭게 들어올 수 있도록 나는 벽마다 창을 모두 활짝 열어젖히리다.

뜰 앞에는 장미가 흔하니 가시에 주의하시오. 꿈속에서 붉은 피를 본다면 얼마나 놀라겠소. 내 기겁을 하고 눈을 뜰 것을 생각해보시오.

답장은 길고 두툼하게. 우표를 두 장, 석 장 붙이도록―우표를 한 장만

달랑 붙이는 사랑의 편지란 세상에 다시 없는 웃음거리일 것이요.

　다음 편지까지 부디 안녕히 계시오. 편지와 함께 이 눈물을 동봉(同封, 두 가지 이상을 같은 곳에 넣거나 싸서 봉함)하리다. 아무 이유도 없는, 다만 아름다운 이 눈물을.

- 1936년 10월 《여성》

사랑을 고백하며

노자영 | 사랑하는 사람에게 보내는 편지

실례인 줄 알면서도 이 글을 씁니다. 용서하십시오. 가슴에 가득한 애틋한 이 마음을 말로는 도저히 표현할 수 없기에 펜을 들었습니다. 나는 세상에서 가장 큰 슬픔이라고 하고 싶습니다.

나는 진정입니다. 당신을 생각하며 한없이 울었어요. 그런데 당신은 내 이름은 고사하고, 나라는 존재까지도 아는지 모르는지.

이런 생각을 하면 가슴이 답답합니다. 그래서 생각다 못해 이 글을 씁니다. 만일 당신이 그런 내 마음을 조금이라도 알아주신다면 나는 만족합니다.

당신을 알게 된 건 지금으로부터 두 해 전 가을이었습니다. ○○고교에서 금강산 여행을 갔을 때였습니다. 당신 역시 친구들과 함께 갔었지요. 다행인지 불행인지 그때 우리는 한 차를 타게 되었습니다. 그때 본 당신의 인상이 너무도 강렬하게 머릿속에 남아있습니다. 지금까지 내가 상상해오던 환영(幻影, 눈에 없는 것이 있는 것처럼 보이는 것)과 조금도 다르지 않은 당신을──발견한 그때, 다른 아이들은 떠들면서 이야기로 꽃을 피웠지만, 나는 당신을 바라보며 정신을 잃고 말았습니다.

그때부터 내 정신은 완전히 당신에게 빼앗기고 말았지요. 그 후 당신의 집을 찾기 위해 얼마나 고심했는지 모르실 겁니다. 당신의 그림자라도 보고 싶어서 날마다 당신의 집을 찾았지요. 하지만 당신은 내 존재마저 모르는 듯했습니다.

아, 괴롭습니다. 2년이란 세월이 짧다면 짧지만, 내게는 길고도 괴로운 날이었습니다. 오늘도 비 내리는 거리에서 우산을 쓰고 지나가는 당신의 뒷모습을 멀거니 바라만 보았습니다.

그런데 갑자기 이렇게 글을 드리면 나를 이상한 사람으로 생각하지 않을지 걱정입니다. 그러나 용서하십시오. 변명은 하지 않으렵니다. 다만, 나쁜 사람이 아닌 것만은 진정으로 고백하고 싶습니다.

당신을 알게 된 후부터 더 열심히 공부하고 더 많은 책을 읽습니다. 훌륭한 인격을 갖추기 위해서입니다. 만일 이를 반대하시면 시골에 계신 부모님께 알려 통혼(通婚, 혼인할 의사를 전함)하도록 하겠습니다. 저는 그것을 그리 좋게 생각하지는 않지만, 당신이 원하신다면 어떤 형식이라도 모두 밟겠습니다. 그리고 한층 더 노력해 공부하겠습니다. 만일 당신이 학자를 좋아하신다면 학자가 되기 위해 힘쓸 것이고, 실업가를 좋아하신다면 실업가가 되기 위해 노력하겠습니다. 그러니, 부디 당신과 함께할 내 운명의 지배자는 당신뿐이라는 걸 꼭 알아주십시오. 진정입니다.

사랑을 쓰다
그리다
그리워하다

나는 소설을 통해 온갖 슬픈 사랑을 접했습니다. 그러나 내 사랑만은 승리의 사랑이 되기를 아침마다 기원합니다.

사실 이 글을 쓰기 전에 매우 주저하였습니다. 그래서 이 글이 나라는 사람을 당신에게 인식시켜준다면 그것만으로도 기쁠 것입니다.

어여쁜 내 마음의 천사여! 부디, 내 순정을 알아주십시오. 그것만으로도 감사히 생각하겠나이다.

나는 몇 번이나 거듭 내 마음을 시험해보았습니다. 이것이 일시적 감정이 아닌가 하고―― 그러나 내가 본 여자가 당신만이 아니고, 세상에 당신 혼자만 사는 것도 아닙니다. 당신을 단념하려고 애도 써보았습니다. 그러나 그것은 어리석은 노릇이었습니다. 이 괴로운 날이 다시는 계속되지 않기를 바라며 글을 끝맺습니다.

길이길이 안녕하시고, 한마디라도 좋으니 이 마음을 알아주시기 바랍니다.

10월 10일, 영일 올림

- 1939년 서간집 《나의 화환》

---

* 노자영

《백조》 창간 동인으로서 작품활동을 시작하였고, 잡지 《신인문학》을 창간해 후진 양성에도 힘썼다. 특히 시와 수필에 있어서 소녀적인 센티멘털리즘으로 일관하여 자신의 시에 '수필시'라는 특이한 명칭을 붙이기도 하였다. 시집 《처녀의 화환》을 비롯해 서간집 《나의 화환》, 소설집 《반항》, 《무한애의 금》 등 다수의 작품이 있다.

백양사에서

노자영 | 사랑하는 사람에게 보내는 편지

   오늘은 7월 14일.

   어제 백양사(白羊寺)에 다니러 왔습니다. 그런데 이게 웬일입니까. 바람이 심하게 불더니, 수심(愁心)에 젖은 검은 하늘에서는 곧 방울방울 눈물이 흘러내립니다.

   아, 당신은 오늘 무엇을 하였나요?

   아침에 닭고기를 먹고 포도주를 마시며 당신을 생각했습니다. 그리고 식사를 마치고 늘어져 있던 발(가늘고 긴 대를 줄로 엮거나, 줄 따위를 여러 개 나란히 늘어뜨려 만든 물건으로 무엇을 가릴 때 사용한다)을 헤치니, 아, 이게 웬일입니까? 파랑새 한 마리가 창문 옆 소나무에서 아름답게 울고 있지 않겠습니까. 임의 혼이 새가 되어 우는 것일까요?

   새가 되어 당신 창에 울어보리까?

꽃이 되어 당신 집에 피어보리까?

새도, 꽃도 못 되는 이 내 마음은
꿈으로만 당신 집을 찾아간다오.

이런 노래를 생각하며 당신을 몇 번이나 생각하였습니다.

아, 그리운 이여!

당신은 이런 때 왜 내 옆에 계시지 않습니까?

점심을 먹고 약수터에 다녀오는 길이었습니다. 송화색(松花色, 소나무의 꽃가루 빛깔처럼 엷은 노란색) 꾀꼬리 한 마리가 슬피 울면서 척척 늘어진 소나무 가지에서 왔다 갔다 했지요.

만일 당신이 계셨더라면 그 언제인가 하시던 모양으로,

"나 꾀꼬리 잡아줘, 응!" 하고 응석을 부렸겠지요.

아, 그 빛나는 황금색 꾀꼬리! 당신의 고운 혼이 지금 저 새가 되어 울고 있지는 않은지요?

나는 온종일 방에서 뒹굴며 잘 그리지도 못하는 솜씨로 종이 위에 당신을 그려놓고, 사랑하는 나의 사람이니, 혹은 'Love is Best' 니 하는 글들을 그 옆에 써 보았습니다.

하지만 모두 쓸데없는 장난에 불과합니다. 차라리 만돌린(기타처럼 생긴 현악기)을 들고 잊어버린 옛날 노래나 부를까 합니다.

밤이 깊어 옵니다. 빗소리! 바람소리! 멀리서 우는 까마귀소리! 긴 숲의 그늘이 꿈을 타고 멀리 하늘 위로 떠오르는 밤입니다. 산도 깊고, 숲도 깊어 끝없는 적막만이 온누리를 파고 듭니다.

아, 이 밤에 누구를 찾아 꿈나라에 실려 가오리까?

그럼 안녕하소서. 총총!

- 1939년 서간집 《나의 화환》

사랑을 쓰다
그리다
그리워하다

애인을 보내고

|

노자영 | 사랑하는 사람에게 보내는 편지

사랑하는 그대여!

서울에 잘 도착했다는 편지를 보고 무척 기뻤습니다.

사실 당신이 떠난 후 나는 쓸쓸하기 그지없었답니다. 하지만 무정한 기차는 당신을 태우고 가버리고 말았지요. 나까지 데리고 가던지, 그렇지 않으면 당신의 그림자라도 남겨두고 갔으면 그렇게까지 쓸쓸하지 않았을 텐데…….

당신이 탄 기차가 개천을 건너 산모퉁이를 돌아 꿈같은 안갯속으로 사라질 때, 나는 미친 듯이 손수건을 흔들었습니다. 그러나 이내 눈앞에서 사라지고 말았습니다. 할 수 없이 나는 허전하고 슬픈 가슴에 공허(空虛, 아무것도 없는 텅 빈 상태)를 가득 부여안고 돌아와야 했습니다.

그런데 이게 무슨 일입니까? 나무 한 그루, 돌 한 개 없어지지 않았건만, 내게는 세상이 모두 변하고, 모든 것이 텅 빈 것만 같았습니다.

당신과 함께 행복한 시간을 보냈던 방, 함께 앉아서 기뻐하고 웃음 짓던 방──그 방에는 당신이 꽂아둔 백합도 아직 웃고 있고, 당신과 함께 보던 그림과 책도 아직 그대로 있건만, 내게는 모든 것이 변하고 떠나버린 듯합니다.

아, 나 혼자만이 북극 빙원(氷原, 매우 큰 얼음 덩어리)으로 몰려온 듯합니다.

허공을 향해 당신의 이름을 몇 번이나 불렀는지 모릅니다. 물론 당신이 내 옆에 없는 줄 이성은 잘 알고 있지만, 감정은 아직 당신을 놓아주지 못했나 봅니다.

영희 씨!

당신에게는 그 소리가 들리지 않나요? 소나무 숲을 스치는 저 바람이 당신의 목소리일까요? 그렇다면 그 목소리만이라도 귀를 기울여 듣도록 하겠습니다.

푸른 시냇가에 짙푸르게 우거진 송림 사이를 거닐며 먼 하늘을 쳐다봅니다. 흰 구름 한 점이 남쪽 하늘을 향해 둥실둥실 떠내려가는 것이 보입니다.

아, 나도 구름이 되어 당신이 있는 곳으로 찾아갈까요?

나는 부지중(不知中, 모르는 사이에)에 송림을 껴안고 마치 당신인 듯 입을 맞추었나이다. 구슬프게 우는 작은 새를 보고 당신인 듯 그 노래에 귀를 기울였나이다.

나의 영희 씨!

당신은 내 마음에 심은 한 포기 영원한 꽃이요, 내 마음에 우는 한 마리 작은 새입니다.

당신의 서늘한 음성은 여전히 내 귓가에 돌고, 맑은 눈 역시 내 마음속에 그대로 남아 있습니다. 그래서일까요. 오늘 아침에도 약수를 마시러 다녀오면서 개천가 바위 위에 홀로 앉아 당신을 그리워했습니다. 그러나 돌아보면 아무도 없고 물소리만 돌돌 흐르더이다.

어서 빨리 당신이 계신 곳으로 가야겠습니다.

당신이 없는 곳에서는 살아갈 수 없습니다.

그럼, 다시 볼 때까지 잘 지내시길 바랍니다.

잊지 말고, 날마다 편지해주세요.

-1939년 서간집 《나의 화환》

영원히 간 그대에게

|

노자영 | 사랑하는 사람에게 보내는 편지

여기는 부전고원(赴戰高原, 개마고원 남쪽에 있는 명승지)! 지금은 나뭇잎 떨어지는 가을—

가을은 왜 이다지도 적막합니까? 나는 지금 고원에 발을 붙이고 끝없이 펼쳐진 창공의 저편을 바라보고 있습니다. 흰 구름은 자취 없이 떠오르고, 산골의 가을 물소리는 더욱 구슬프게 들려옵니다.

정자 씨! 지금은 새도 울지 않아요. 꽃도 진 지 오래되었어요. 쌀쌀한 찬바람이 앙큼한 바위에 목메어 울 뿐입니다. 이렇게 쓸쓸한 곳에 나는 왜 온 것일까요? 손님이 끊어진 고원! 적막강산에 가을만 짙어가는 이곳에 말입니다.

아, 정자 씨!

당신이 생각날 때마다 가슴이 무너진 듯하여 이곳을 찾지 않을 수 없었습니다. 이곳은 당신과 내가 처음 인연을 맺은 곳이기 때문입니다. 우

사랑을 쓰다
그리다
그리워하다

리 두 사람의 사랑이 작은 낙원을 만든 곳도 바로 이곳입니다.

나는 지금 우리가 날마다 사랑을 속삭이던 바위 위에 서 있습니다.

정자 씨! 벌써 세 번째 해(年)를 보냈구려. (아, 빠르다. 내가 그대를 잃은 지도……) 덧없이 가는 세월을 뉘라서 잡으리까. 그동안 세상이 변하고, 내 환경 역시 많이 변했건만, 내 마음만은…….

정자 씨! 당신 이름이라도 실컷 불러야만 마음이 시원해질 것 같습니다. 당신은 내 마음에 화석 같은 존재였어요. 하지만 당신은 이미 이 세상 사람이 아닙니다. 그래서 그런 생각일랑 하지 말자고 여러 번 결심했지만, 그 마음 역시 눈이 녹듯 사라지고 맙니다.

지금 이 글을 써서 뭐하리까? 붙일 곳도 없고, 받아 볼 사람도 없는 것을……

당신을 잃은 것은 내 몸의 반쪽을 잃은 것과도 같았습니다. 이에 어떤 사람은 내게 사내답지 못하다고 말하더이다. 그러나……

아, 정자 씨!

당신을 다시 볼 수 없다고 생각하니 앞이 캄캄해지고, 온몸에서 맥이 풀리고 맙니다.

공산(空山, 사람이 없는 산중)에는 서리 찬바람이 지나갈 뿐. 서러운 이 몸은 울고 가는 기러기를 보고 슬퍼하리까, 흘러가는 물결을 쥐고 탄식하리까.

당신은 나를 위해서 이 산골에서 코흘리개 아이들과 추우나 더우나 땀을 흘리며 지냈지요. 그렇게 갖은 고생을 다 하면서도 매달 내게 돈을 보낸 그 정성을 생각하면 눈물이 멈추지 않습니다.

당신의 피와 땀으로 인해 나는 지금 밥벌이나마 하고 있습니다. 그러나 내가 그 은혜를 갚아야 할 당신은 이제 백골이 되어 나를 기억이나 하는지……

정자 씨!

나는 당신이 육체만을 가졌다고 생각하지 않습니다. 그 아름다운 마음씨야말로 오늘 내가 여기 와서 당신을 생각하게 하는 이유이기 때문입니다. 하지만 그런들 뭐하겠습니까? 정신없이 앉아 있다가 돌아보면 여전히 나 혼자인 것을. 형체도 없는 당신은 왔는지 말았는지——

아, 괴롭다!

나 역시 인간인 이상 나와 같은 인간이 그립답니다. 아, 적막한 고원! 산에는 별빛이 울고 있어요. 그 별을 안고 호소라도 하리까? 발 앞에 지는 나뭇잎을 안고 통곡이라도 하리까? 하지만 그런들 뭐하겠습니까? 적막한 세상이 더욱 쓸쓸할 뿐입니다.

그토록 아름답던 당신이 가다니…….

나는 그것이 꿈이라고 몇 번이나 소리쳐 보기도 했습니다. 하지만 더는 당신은 없고, 당신이 살던 움집 위에서는 갈대만이 휘적휘적 바람에 휘날리더이다.

정자 씨!

당신은 내 사랑인 동시에 나의 은인입니다. 그래서 더더욱 당신을 잊을 수 없습니다.

당신을 잊지 않으려고, 나는 당신의 고운 사진을 시계 뒤에 붙여놓고 시계를 볼 때마다 쳐다봅니다. 하지만 무슨 소용이 있겠습니까? 이제 다시는 이 세상에서 만날 수 없는데…… 그러니 인생의 허무를 부르짖으면 뭐하며, 호소할 것조차 없는 이 설움을 여기에 쓴들 뭐하겠습니까?

정자! 이름만이라도 영원히 부르렵니다. 그리고 환영만이라도 내 기억에서 사라지지 않기를 바랍니다.

아, 아름답던 당신이여!

당신은 비록 나를 떠났지만, 당신이 남긴 향기만은 영원할 것입니다.

10월 말

－1939년 서간집《나의 화환》

고독의 호소문

노자영 | 사랑하는 사람에게 보내는 편지

오늘은 7월 23일.

푸른 하늘에 흰 구름이 연꽃같이 피고 짙은 녹음(綠陰, 푸른 잎이 우거진 나무나 수풀) 사이에서 매미가 웁니다.

오늘 아침 9시에 유의 편지를 받았습니다. 이에 먼저 그 편지에 키스하고 한참을 머뭇거리다가 힘 있게 봉투를 떼었습니다. 하지만 곧 실망하고 말았습니다. 그렇게도 바라던 유가 오지 않는다지 뭡니까.

아, 울고만 싶었습니다. 고독의 수레를 타고, 나 홀로 무변 사막(無邊沙漠, 끝이 없는 사막)으로 몰려가는 듯했습니다.

K씨! 만일 오늘 아침 당신 집 후원(後苑, 집 뒤에 있는 작은 정원)에 이슬이 내렸거든 내 눈물인 줄 알아주세요. 그리고 그 이슬을 부디 떨어버리지 마시고 당신의 수건으로 받아주세요. 또 만일 당신 집 뒤 숲에 작은 새가 와서 간절히 울거든 내 넋이라고 생각하시고, 부디 그 새를 쫓지 말

아주세요. 또 만일 오늘 밤 당신 집 창문 위로 푸른 별이 보이거든 당신을 지키는 내 눈동자라고 생각해주세요.

아, 그리운 님이여! 당신은 어디에 계십니까? 내가 울지 못하고 기다리려도 절대 오지 않는 님이여! oh my darling!

어제저녁에는 개천가 바위 위에 앉아서 오봉산의 어린 송화색(松花色) 노을을 바라보며 애달픈 마음으로 유를 생각했습니다. 나는 당신을 위해 살고, 사회를 위해 살고, 내 이상을 위해 살려는 것밖에는 아무것도 없습니다. 그리고 내 마음은 유 하나만으로 가득히 채워져 있습니다. 그러니 유가 아닌 다른 사람을 생각할 틈이라곤 전혀 없습니다. 사랑이란 그렇게도 값싼 것일까요? 그렇다면 나는 사랑이란 그 진실을 당신에게서 찾아볼까 합니다.

당신이 계신 서울이 그립습니다. 이에 건강만 허락한다면 오늘이라도 상경하고 싶습니다. 왜 당신이 계신 서울을 떠났을까요? 녹음 짙은 이곳도 당신이 없으면 괴로운 곳에 불과합니다.

아, 그리운 이여!

나는 날마다 약수터에 들려 서늘한 약수를 마신 후 송림에 들려 반석(盤石, 넓고 평평한 돌) 위에서 노래를 부르곤 합니다. 그러다가 당신의 서늘한 눈동자를 떠올립니다. 반석 밑으로는 물결이 부딪히며 천 조각 만 조각의 구슬이 맺힙니다. 하지만 뉘와 함께 그 구슬을 따오리까? 짙푸른 녹음 아래서는 바윗돌이 눈을 감은 채 마치 성자(聖者)와 같이 기도를 합니다. 하지만 나는 뉘와 함께 기도하오리까?

아, 구름이라도 되었다면 바람에 둥실둥실 실려 당신이 계신 인왕산 밑까지 흘러가련만. 아, 별이라도 된다면 당신의 얼굴을 엿보기라도 하련만.

최근 들어 많은 피서객이 S사를 방문하고 있습니다. 하지만 내 주위에는 사람이 전혀 없습니다. S사에는 꽃도 많이 핍니다. 그러나 내게는 풀 한 포기조차 없습니다. 오, 내 마음의 꽃이여, 내 가슴의 사람이여!

어제는 일찍 약수를 마신 후 유가 오신다고 해서 오랜만에 방 청소를 했습니다. 그리고 유가 좋아하는 산개나리를 꺾어다가 꽂아놓고 이른 점심을 먹었습니다. 그 후 멋진 넥타이를 매고 역으로 마중을 나갔지요. 그러나 S역에는 기차가 내뿜어놓은 하얀 연기만 남아 있을 뿐 한 사람도 내리지 않습니다. 그림자만 데리고 혼자 돌아올 때 이 마음은 얼마나 외로웠을까요?

아, 사랑하는 이여! 도대체 언제 오시렵니까?

7월 23일

- 1939년 서간집 《나의 화환》

사랑을 쓰다
그리다
그리워하다

행복의 문은 영원하다

노자영 | 사랑하는 사람에게 보내는 편지

성희 씨!

꽃이 피고, 잎이 지고, 화조월석(花朝月夕, 꽃 피는 아침과 달 밝은 밤이라는 뜻으로, 경치가 좋은 시절을 이르는 말) 고운 날이 몇 번이나 변하더니, 벌써 10년이라는 세월이 지났구려.

아, 가는 것은 세월이요, 빠른 것 역시 세월입니다. 누가 세월의 무상함을 탄식하지 않겠습니까? 그러나 세월이 가고, 시간이 가도, 당신은 언제나 이 가슴 속에 살아 있습니다.

아, 사랑은 영원한 것인가 봅니다. 저는 언제나 당신을 생각하며 이런 노래를 부르고 있습니다.

이내 몸은 하늘에서 홀로 우는 별

그대 몸은 거친 뜰에 홀로 피는 꽃

어차피 외로운 신세들이니
이 한밤 울어나 샐까
은옥색의 보름달 너무나 아깝다.

이내 몸은 창파(蒼波, 푸른 물결)에 노는 갈매기
그대 몸은 외로운 섬에 우는 등댓불
일엽주(一葉舟, 작은 나뭇잎 같은 조각배) 어영차 홀로 떠가니
님 그리워 어이 살까나
반금반옥(半金半玉) 밤 물결 더욱 슬프다.

노란 개나리꽃 담 너머 피고
연둣빛 봄새들 뒷산에서 우네
님이여, 이 밤에 안 오시려나?
내 속은 더욱더욱 불타는구나!
사창(絲窓, 비단을 바른 창) 위에 뜨는 달, 어이 지울까?

　당신과 함께 한강에서 뱃놀이하던 일, 장충단 송림에서 들꽃을 따던
일 등을 늘 가슴에 새겨두고 즐겁게 그때를 추억하며 슬픈 노래를 부르
고 있답니다. 그때는 서로 사랑을 하고 마음껏 즐거워하며, 행복의 철문
을 우리 앞에 세우려고 하지 않았습니까? 그러나 운명이 허락하지 않고,
환경이 허락지 아니하여, 당신과 나는 서로 갈라져, 당신은 다른 남자의

아내가 되고, 나 역시 다른 여자의 남편이 되고 말았습니다. 그러나 이 가슴에 박힌 사랑의 도장만은 쉽게 지을 수 없습니다.

아, 즐거운 것이 사랑이라면, 괴로운 것 역시 사랑입니다. 누가 사랑을 달다고 하였습니까? 달고 즐거운 것은 한때 뿐, 괴롭고 쓰린 것만이 남아 이 몸을 괴롭힐 뿐입니다.

성희 씨!

10년 전, 어느 초여름 저녁이었지요. 우리는 타산(駝山) 위에 앉아서 딸기 빛 같은 붉은 황혼 아래 금실이 엉킨 듯한 서쪽 하늘의 구름을 바라보며 이런 노래를 불렀습니다.

내 노래 보낼까? 황혼 저쪽에

금실 구름 좋거니와 내 사랑도 좋아

은별 금별 웃는 듯이 내려오는 밤에

님과 함께 이슬 내린 풀 길을 나는 걸으리.

그러나 성희 씨!

그 즐겁던 사랑의 노래는 다 어디로 갔습니까? 구름 같은 우리의 정열은 다 떠나버렸나요? 서쪽 하늘에는 날마다 금실구름이 뜨고, 아침저녁으로 풀밭에 이슬이 내리지만, 사랑은 가고, 행복도 가고, 괴로운 추억만이 가슴에 남고 말았습니다.

아, 한번 울고 싶고, 부르고 싶은 나의 성희 씨. 당신은 지금 어디에 계십니까? 나는 이제 옛날의 자취를 이 가슴에서 찾으며, 저 황혼 아래서 사랑 노래를 다시 부르렵니다. 그러나 그 노래를 다시 부른들 뭐하겠습니까? 이제는 애써 잊어버리렵니다.

5월 20일, 영식 올림

-1939년 서간집《나의 화환》

4장 좋은 글 많이 쓰길 바랍니다

내가 좋아하는 눈이 많이 내면 눈길을 헤치고 한번 가 보

려고 생각 중입니다. 아닌 게 아니라 지난번에 눈이 펑펑

쏟아지던 날 당신이 계신 산사를 떠올렸습니다. 그 함박

눈이 그대로 계속 이어졌다면 어떻게든지 물어서 한번 찾

았을 텐데. 비가 섞인 채 내리는 족족 녹아버렸을 뿐만 아

니라 강추위가 생각마저 얼어붙게 하고 말았습니다.

젊은 시인에게

노천명 | 젊은 시인에게 보내는 편지

보내주신 편지는 번번이 반갑게 읽고 있습니다. 하지만 내게 편지를 하실 때는 받을 생각을 하지 않고 돈을 빌려주는 사람처럼 답장을 기대하지 않는 게 좋을 것입니다. 그러고 보니 정말 항상 받기만 하고 한 번도 답장을 보내지 못했습니다.

편지를 쓰려다가도 뭔가에 방해를 받아 이내 멈추고 만 것이 여러 번입니다. 또 조용히 만나서 이야기하는 것처럼, 이런 야심한 시간 말고는 편지를 쓰고 싶은 생각이 없습니다.

그래, 산사에 가 계신 재미는 어떻습니까? 가지고 가신 릴케(Rainer Maria Rilke, 독일의 시인)의 시는 모두 읽으셨는지요? ― 릴케를 좋아하는 사람들에게도 스위스에 가는 길이 어서 열려, 그가 만년(晩年, 나이가 들어 늙어가는 시기)을 보냈다는 발레 주(州)의 그 고색창연한 뮤조트 성을 비롯해서, 그가 누워 있는 라롱에도 갈 날이 어서 왔으면 합니다.

내가 좋아하는 눈이 많이 내면 눈길을 헤치고 한번 가 보려고 생각 중입니다. 아닌 게 아니라 지난번에 눈이 펑펑 쏟아지던 날 당신이 계신 산사를 떠올렸습니다. 그 함박눈이 그대로 계속 이어졌다면 어떻게든지 물어서 한번 찾았을 텐데. 비가 섞인 채 내리는 족족 녹아버렸을 뿐만 아니라 강추위가 생각마저 얼어붙게 하고 말았습니다.

좋은 시 많이 쓰길 바랍니다. 그때그때 흘러가는 물결에 떴다 사라지는 유행아적인 것들에는 눈을 줄 가치조차 없습니다. 영원히 남을 것을 쓰십시오. 언제 봐도 좋아할 수 있는 영원히 남을 수 있는 것을 써야 합니다.

크리스마스가 점점 다가오고 있습니다. 365일을 번번이 쓸모없이 써버리고는 섣달이 다가오면 늘 당황해하는 버릇은 신에게서 받은 날을 다 써버리는 그 날까지도 버리지 못할 것 같습니다. 크리스마스트리도 만들고 차도 끓일 생각입니다.

크리스마스 전까지 반드시 해야 할 일이 있는 데 큰일입니다. 그러나 24일 밤 미사를 마치고 새벽길을 걸어서 집으로 향하는 때의 그 심경이란 이루 말할 수 없습니다. 즐거운 크리스마스 맞으시기 바랍니다. 늘 건강하기를 빌며……

-1953년

---

* 노천명

이화여전 재학 중 시 〈밤의 찬미〉, 〈포구의 밤〉 등을 발표하였고, 그 후 〈눈 오는 밤〉, 〈사슴처럼〉, 〈망향〉 등 주로 애틋한 향수를 노래한 시를 발표하였다. 널리 애송된 대표작 〈사슴〉으로 인해 '사슴의 시인'으로 불리고 있다.

사랑을 쓰다
그리다
그리워하다

무명작가 목 군에게

|

계용묵 | 무명작가에게 보내는 편지

군(君)은 언젠가 노상(路上, 길거리)에서 나를 만났을 때 발표한 작품을 내가 봤는지 못 봤는지 그것을 말끝에 은근히 경위 떠보고, 아직 보지 않았으면 한번 봐달라는 그런 의미까지 포함된 태도를 보이더군요. 그래서 나는 군이 아마 그 작품에 무척 자신이 있거나, 자기 작품이 활자화된 것을 자랑하는 철없는 자부심의 소유자라고 생각하고 흥미를 느낀 나머지 군의 작품을 주의 깊게 보았소.

그러나 군의 그때 태도가 도대체 어디서 비롯된 것인지 모르겠소. 자신을 가졌던 것이라고 보자면, 군은 소설을 너무도 모르는 사람이기 때문이오. 또 그걸 자부심이라고 보면 도리어 위신이 떨어질 정도니, 대체 그때 군의 태도는 과연 어디서 비롯된 것이오? 스스로 한번 다시 생각해 보길 바라오.

'나는', '나는' 하고, '나는' 소리가 한 구절이 끝나고 다음 구절이 시작

될 때마다 무척 정성스럽게도 달린 게 눈에 띄더이다. 일인칭으로 글을 꽉 잡고 시작한 소설이 '나는', '나는' 소리를 넣지 않는다고 삼인칭으로 달아날 염려가 있어 그랬소? 아니면, 그런 말의 낭비가 꼭 필요했던 것이오?

그리고 또 하나는 '그러자', '그래서', '그리고' 하는 문구가 말이 접속될 때마다 충실히 붙어 다니더이다. 대체 얼마나 이놈이 붙었나 하고 세어 보았더니, 놀라지 마시오. 무려 오십여 곳에 이르더이다. 그러니 군의 작품에 내가 흥미를 잃었다고 해서, 굳이 나를 나무라지는 마시오.

혹시 군이 "아니, 내 글만 그렇소? 소위 기성작가 중에도 그런 사람이 많습니다. 또 안 할 말로 당신은 얼마나 잘 쓰냐?"며 대항한다면 실로 버젓이 대답할 면목은 없소.

내 말은 누구를 시비하자는 것이 아니고 다들 주의해서 글을 잘 쓰자는 것이오. 그러니 군도 부디 그런 줄 알기 바라오. 나아가 어떤 친지의 작가나 평론가가 군의 작품을 칭찬하는 일이 있다면, 글을 모르는 친지의 작가나 비평가이기에 칭찬하는 것은 아닌가 하고 조금이라도 의심해보는 자존심을 갖길 바라오.

섭섭하겠지만, 지금 군의 실력으로는 작품이 되었느니 안 되었느니 하는 얘기마저 시간 낭비에 지나지 않소. 그러니, 부득불(아닌 게 아니라 과연) 군의 작품은 한 십 년간 숙제로 두었다가 보는 수밖에 없을 것이오.

우선, 소설을 쓸 힘을 기르길 바라오.

군! 내 이야기에 찬성이오? 불만이오?

사람을 쓰다
그리다
그리워하다

듣자 하니, 군은 그 작품을 발표한 후 기성 문단에서 작가의 지위를 안 준다며 항의했다는 소문이 있던데, 그게 사실이오? 사실이라면 군의 용기는 참으로 무던하오(정도가 어지간하다). 그게 조급증의 소행이라고 해도 나는 그 용기를 치하하면 치하했지 조금도 나무라고 싶지는 않소. 반항하지 않는 것도 좋지만, 반항을 하는 것은 더 좋은 일이오. 그래서 나는 군이 항의했다는 소문을 듣고 어찌나 반가웠는지 모르오. 기성을 눈 아래로 보고 코웃음을 치는 그 패기야말로 실로 문학에 대한 참을 수 없이 끓어오르는 귀한 정열이 아니고 무엇이겠소. 그런 정열이야말로 군의 문학을 더욱 발전하게 할 것이오. 그러니, 그 정열은 정말 귀한 것이오.

하지만 비록 현저한 차이는 없더라도 말 한마디, 글자 한 자 쓰는 데 있어 조금 낫나 마나 한, 알 듯 말 듯 한 미미한 차이는 분명 존재하오. 또 그것이 실로 작품에서는 십 년, 이십 년 경험의 소산임을, 군 역시 십 년(혹은 이십 년) 후면 저절로 알게 될 것이오. 그러니, 그에 앞서 '그럴까?' 하는 의문이라도 항상 염두에 두고 항의할 필요가 있을 것이오. 만일 그것도 모르고 항의했다가는 결국 조급증의 발악에 지나지 않는다는 악평을 받을 우려가 다분하기 때문이오. 패기 역시 만용이라는 명예스럽지 못한 오해를 받을 것이오.

내 말이 불만이라면 다시 더 말할 필요가 없겠지만, 만일 찬성이라면 이렇게 한번 해볼 생각은 없겠소?

군이 이후에 쓰는 작품은 온종일 앉아서 꼭 한 장만 죽을힘을 다해 쓸 생각을 하고, 한 달에 삼십 장짜리 한 편을 쓴 후 그것을 한 보름을 두고 열다섯 장쯤으로 줄여보시오.

그렇게 한다면 필요한 말은 더는 줄이려야 줄을 수 없으니 자연히 남을 것이요, 필요치 않은 말은 체 밖으로 깎여 나가게 될 것이니, '나는', '나는' 하는 군더더기와 '그러자', '그래서' 따위의 불필요한 접속사 역시 말쑥하게 형체를 감추게 될 것이오.

그런데 이렇게 글을 줄이는 게 말로는 무척 쉽게 될 것 같지만 손을 대 보면 제법 시간이 필요하게 되어, 아마 재질(才質, 타고난 재주)에 따라서 1, 2년 차이는 있을지 몰라도 보통은 한 십 년쯤 걸려야 그래도 그 취사 방법의 묘리를 다들 얻나 보더이다. 하지만 문단 생활 이십 년 삼십 년에서도 이런 티를 벗지 못하는 사람들이 간혹 있소. 그러니 군 역시 십 년 이상 걸려야 할지도 모르오.

소설을 쓰는 데 있어 조급증은 금물이오. 부디, 마음을 차분하게 갖길 바라오.

그럼, 몇 해 뒤에 다시 작품을 보기로 하고, 우선은 글을 줄이는 공부에 힘쓰길 바라오. 그리고 발표 전에 한번 사사로이 보고 논의해줬으면 하오.

-〈구국〉

● 계용묵

단편 〈상환〉을 《조선문단》에 발표하면서 문단에 등장했다. 〈최서방〉, 〈인두지주〉 등 현실적이고 경향적인 작품을 발표했으나 이후 약 10여 년 간 절필하였다. 《조선문단》에 인간의 애욕과 물욕을 그린 〈백치 아다다〉를 발표하면서부터 순수문학을 지향하는 일관된 작품 경향을 유지했다.

사람을 쓰다
그리다
그리워하다

불타산 C군에게

강경애 | 문학 후배 C군에게 보낸 편지

두어 번 준 편지는 잘 받았소. 하지만 워낙 붓 들기를 싫어할 뿐만 아니라 웬만해서는 답장 같은 것을 잘 하지 않는 괴이한 버릇이 있는지라, 지금까지 한 번도 답장을 하지 못했소. 그렇다고 해서 군을 잊은 것은 절대 아니오. 고향의 달을 생각하며 군의 얼굴을 머릿속에 그렸소. 그랬더니 이 붓을 들지 않고는 견딜 수 없더이다.

시간이 참 빠르오. 군과 내가 두견산에 올라 멀리 불타산을 바라보며 문학에 관해서 이야기를 나눈 것이 어제 같은데 벌써 일 년이 되었소그려. 그동안 군은 몇 번이나 두견산에 올라 그달을 바라보았소?

군! 나는 이 붓으로 일 년 전 그때를 그려보려 하오.

둘이서 나란히 두견산을 향해 올라갔던 걸 기억하오? 긴 풀이 몸을 스치며 실실 소리를 냈고, 짙은 풀 향기를 머금은 흙냄새가 구수하였소. 발끝이 잔디 속에 포근히 파묻히매, 마치 시냇물 속에 들어선 듯했고, 옆에서는 메뚜기가 푸르릉—날아올랐소.

바위 위에 올라앉으니 불타산은 여전히 높았고, 들판은 휘영청 멀었소. 어디선가 불어오는 바람이 땀이 밴 등을 가볍게 두드려주니 기운이 번쩍 나더이다. 돌아보니 다복솔(가지가 탐스럽고 소복하게 많이 퍼진 어린 소나무) 포기가 자욱하게 우리를 둘러쌌고, 우리는 거기서 풍기는 찬바람을 냉수 마시듯 마셨소.

금방 해가 진 뒤라 그런지 멀리 불타봉에는 붉은빛이 은은하였고, 산 밑으로 뽀얀 안개가 몽실몽실 피어올랐소. 그곳엔 아마 온갖 새들이 날개를 접고 포근히 잠들어 있는 듯했소. 숲 속으로 흐르는 시냇물만이 돌돌 소리를 냈을 뿐이오. 이 모든 것을 폭 덮어 나간 하늘에는 흰 조개 같은 구름장이 오글오글 엎드려 있었고 그 사이로 보이는 파란 하늘은 마치 호수와도 같았소. 이에 하마터면 까뭇한 해변에 서 있는 듯 속을 뻔했소.

밤이 되자 불타산 아래 파도같이 넘실거리는 오곡이 가슴이 턱 나오게 가득 들어차고, 집으로 돌아가는 농부의 흰 옷자락은 나비처럼 날아오르더이다. 시커먼 벌판을 뚫고 흐르는 시냇물은 어떤 이국으로 가는 길인가도 싶었소.

어느덧 시내에는 전등불이 흩어져 마치 화단인 양 싶었고, 하늘에는 별이 박꽃처럼 피어났소. 하지만 숲 속은 환하기 그지없었소. 숲에 반쯤 가린 달은 부끄러워 눈썹을 숙인 처녀의 얼굴 같아 보이더이다. 어찌 보면 오랫동안 그리워하던 벗의 얼굴과도 같았소.

달이야 여기서도 볼 수 있건만, 고향 뒷동산에 숨어서 떠오르는 달만

하겠소? 달려가면 쥘 듯하고, 소리치면 대답할 것만 같은 그달! 그 빛이 희고 맑음이 마치 서리처럼 차건만, 오히려 그것이 더 다정스럽고 모자람 없이 보이오. 무심할 듯하지만, 온갖 정서를 듬뿍 담고 있기 때문이오. 그래서 군은 견디다 못해서 벌떡 일어나 휘파람을 끊어질 듯 불지 않았소?

군! 여기까지 쓰고 보니 붓끝이 딱 막히오. 나머지 생각나는 것이 있거들랑 이 벗의 부족한 글을 보충해주오.

-1936년 6월 30일 《동아일보》

* **강경애**

1931년 잡지 《혜성》에 장편소설 〈어머니와 딸〉을 발표하면서 문단에 등장하였다. 사회의식을 강조한 작품을 다수 발표하였다. 특히 1934년 《농아일보》에 연재한 〈인간문제〉는 노동자 현실을 예리하게 파헤친 작품으로, 근대 소설사에서 빼놓을 수 없는 작품으로 평가받고 있다.

장혁주 선생에게

강경애 | 소설가 장혁주에게 보낸 편지

5월 11일 밤에 쓰신 선생님의 친필 오늘 반갑게 받았습니다. 묵직한 봉투이매, 처음에는 다소 의아한 생각으로 봉투를 뜯었지만, 장문의 편지에 얼마나 기쁘고 반가웠는지 모릅니다. 그래서 두 번 세 번 거듭 읽었습니다.

매일 밤 10시에 주무시는 데도, 밤이 깊도록 주무시지 않고 저의 졸작을 읽으셨다고요? 황공하기 그지없습니다. 이것은 제게 있어 너무도 큰 영광입니다. 더구나 피곤하신 몸으로 부족한 작품을 일일이 평가지 해주셨으니 이보다더 기쁘고 죄송한 일이 또 있겠습니까?

그러나 선생님, 습작에 지나지 않는 작품에 관해서 이렇게까지 크게 칭찬해주셔서 다소 불안한 마음도 없지 않아 있습니다. 이미 읽어보셔서 아시겠지만, 문장의 미숙함이며 구상의 미흡함이 얼마나 유치합니까? 부끄러워서 고개를 들 수 없습니다. 앞으로는 선생님의 기대에 어긋나지 않는 작품을 쓰도록 노력하겠습니다.

선생님, 붓을 드니 만 가지 소회가 들어 무엇부터 얘기해야 할지 모르겠습니다. 우리 문단에 관한 일이며, 저 사사로이 묻고 싶은 일 등 묻고 싶은 게 태산 같습니다. 하지만 짧은 지면에 어찌 다 여쭈오리까. 그러니 자세한 것은 후일에 따로 뵙고 묻기로 하고, 여기서는 선생님 작품을 읽고 느낀 점에 관해서 말씀드리고자 합니다. 말할 것도 없이 저의 지식이 천박하니만큼 작품을 감상하는 안목 역시 어리고 부족합니다. 그리 아시고, 미리 청합니다.

선생님의 존함을 처음 대한 것은 선생님의 처녀작인 〈아귀도(餓鬼道)〉가 《개조》에 당선되었을 때입니다. 물론 문학에 다소 관심을 가진 사람이라면 누구나 당시 선생님의 영광스러운 당선에 감탄하지 않은 이가 없을 것입니다. 그것은 저 역시 마찬가지였습니다.

저는 당시 신문에서 《개조》 광고를 본 후 부랴부랴 그것을 사다가 〈아귀도〉부터 읽기 시작하였습니다. 그런데 절반도 채 읽지 못했음에도 가슴이 찢어지고 돌멩이로 머리를 몇 번 얻어맞은 듯했습니다. 이에 한참이나 멍하니 있다가 다시 읽어야 했습니다. 그만큼 박력 있고 무게 있는 작품을 대한 것은 그때가 처음이었습니다. 그래서 며칠 동안은 심심하면 꺼내서 읽고 다시 읽기를 반복하였습니다. 지금은 그 기억이 다소 희미하지만 먹을 것이 없어서 나물을 뜯으러 산에 갔다가 절벽에서 떨어져 죽는 장면 같은 것은 아직도 머릿속에 남아 있습니다. 그러나 그 문장이며, 구상은 전혀 기억이 나지 않습니다. 그만큼 제가 어리고 부족하기 때문입니다.

그 후 〈쫓기는 사람들〉을 서점에서 잠시 본 후, 그 이튿날인가 사려고 서점에 가 보니 압수를 당한 나머지 구매할 수 없었습니다. 섭섭한 마음에 잠깐 본 기억을 더듬어야 했습니다. 농촌 처녀, 총각이 우물 주위를 빙글빙글 돌면서 놀던 장면이 퍽 흥미로웠습니다.

그 후 선생님의 역작이 매달 나오는 것을 알고 있었습니다만, 이곳에 오면서부터 《개조》를 자주 대할 수 없게 되었습니다. 그러던 차에 《권이라고 하는 사나이》라는 단행본이 출간되었을 뿐만 아니라 스페인어로 번역이 되었다느니, 중국어로 번역이 되었다느니 하는 소식을 듣게 되어 더욱 선생님의 작품이 그리웠습니다. 다행히 《분게이(문예)》를 통해 〈장례식 밤에 일어난 일〉이란 작품을 읽게 되었습니다. 그리하여 지금 제가 가진 것은 그 한 편이 전부입니다.

〈장례식 밤에 일어난 일〉. 이 작품을 대한 순간 직감적으로 떠오른 것은 모델 소설이 아닌가? 하는 것이었습니다. 하지만 이는 저의 추측에 지나지 않은 듯합니다.

이 작품의 목적은 박창규와 이장길이라는 봉건적인 인물들의 썩어빠진 이면을 폭로함과 동시에 관료계급의 추악한 모습을 은연중에 암시하는 데 있기 때문입니다.

생각건대, 대중적 효과는 비교적 크지 않았으리라고 생각합니다. 그러나 작품이 물 샐 틈 없이 짜인 데 대해서는 경의를 표하지 않을 수 없습니다. 또한, 작중인물의 성격을 말해주는 간결한 대화나 행동 역시 마치 옆에서 보고 듣는 듯 생생하기 그지없었습니다. 예를 들면, 박창규 씨가 맥주병을 쥐고 "건배, 건배!" 하고 너털웃음을 웃는 것이나 이장길이 모친상을 당했을 때 그 대담무쌍한 인사로써 박창규의 성격 그야말로 잘 나타났다고 생각합니다. 비굴한 행동으로 일관한 최우열의 인간됨을 표현하기 위해서 애쓰신 모습 역시 돋보였습니다. 또한 군데군데 심각한 묘사 등은 실로 놀랍기 그지없었습니다.

　　……나는 그의 시체를 안치한 방이라는 것을 알고 움찔 놀랐다……

　보통 작가들은 이런 것까지 세심하게 신경 쓰지 못합니다. 왜냐하면, 글을 쓰느라 며칠 밤을 새운 나머지 본인의 감정까지도 둔해져 작중인물의 감정 역시 죽이기 쉽기 때문입니다. 하지만 선생님께서는 이런 세밀한 부분에서도 눈 하나 팔지 않고 작중인물을 생생하게 표현하셨습니다. 이에 뭐라 찬사의 말을 드려야 좋을지 모르겠습니다. 요컨대, 작품을 쓰실 때 여간 진지한 태도로 대하지 않았음을 알 수 있습니다. 또 한 곳에서,

　"……바보."
　나는 최우열의 취한 원숭이 같은 얼굴을 뚫어지게 바라보고 버럭 소리를 질렀다.
　"그런 것보다는 어디에서 잘 셈이야?"

"잔다고? 하하……"

여기서 우리는 생동하는 두 인간을 볼 수 있습니다.

작가가 작품을 쓸 때 가장 필요한 것은 진지한 태도일 것입니다. 그래서 묘사하고 표현하려는 온갖 대상물을 힘껏 관찰하고 음미하지 않으면 안 된다고 생각합니다.

…… 최우열은 오물을 내게 뱉었다.

선생님 저는 이 장면을 읽으면서 최우열의 입 냄새를 맡았을 뿐만 아니라 그의 비굴함이 오장 속속들이 배였음을 느꼈습니다.

이런 예를 들자면 끝이 없기에 그만 여기서 줄이도록 하겠습니다.

끝으로, 노인 형제가 시체 다툼하는 싸움을 돌발시킨 것과 아울러 그 원인을 박창규의 입을 빌려 말하게 한 것은 선생님께서 얼마나 작가적 수완이 뛰어난지 보여준 것이라고 할 수 있습니다. 그리고 그 문장에 있어서 (저의 편견일지도 모르지만) 〈삼곡선〉이나 〈무지개〉보다 훨씬 더 자연스럽고 빛나 보입니다.

선생님, 언젠가 〈나의 포부〉란 제하의 글을 쓰신 일이 있으시지요?

"아마…… 거기서 좀 더 노력하면 발자크를 따르지 못할 바 없다."고 하신 말이 아직도 제 머릿속에 남아 있습니다.

옳습니다! 과연 선생님께서는 조만간 선배들의 뒤를 따르게 되리라고

사랑을 쓰다
그리다
그리워하다

저는 믿습니다. 선생님 좀 더 노력하여 주십시오. 그리고 우리나라의 고리키가 되어주시고, 쓸쓸한 우리 문단의 커다란 횃불이 되어주십시오.

선생님 지루하시지요? 이곳 만주 이야기 하나 해드릴까요? 그보다도 선생님, 만난(萬難, 온갖 어려움)을 물리치시고 이곳에 한 번 오세요. 여기에는 산더미 같은 산 재료가 선생님 같은 어른을 기다리고 있습니다. 그러니 꼭 한 번 방문해주세요. 그리하여 불후의 명작을 하나 낳아주세요.

너무 오래 실례했습니다. 용서해주세요.

선생님의 건강을 빌며, 이만 하옵니다.

5월 26일

-1935년 《신동아》

* **장혁주**

일본 문단에 올라 보통학교 교원으로 있으면서 주로 일문으로 작품활동을 하였다. 국내에서는 《조선일보》에 단편 〈연풍〉을, 《사해공론》에 〈곡간의 정열〉을 발표하였다. 신체제론에 의거, 친일적인 문필활동을 하였고, 6·25전쟁 이후 일본으로 귀화하여 조총련계에서 활동하였다.

병상의 생각

김유정 | 병상에서 쓴 편지글 형식의 산문

사람!

사람!

그 사람이 무엇인지 알기가 매우 어렵습니다. 당신이 누구인지 알 수 없고, 내가 누구인지 당신 역시 모르기 때문입니다. 하지만 어쩌면 그것이 당연한 것인지도 모릅니다. 당신을 언제 봤다고, 언제 정이 들었다고, 감히 안다고 하겠습니까?

그러고 보면 당신을 하나의 우상(偶像)으로 숭배하고, 나의 모든 채색(彩色, 여러 가지 고운 빛깔)으로 당신을 분식(粉飾, 실제보다 좋게 보이도록 거짓으로 꾸미는 일)했던 것 역시 무리였음이 틀림없습니다. 그렇습니다. 나의 속단(速斷)에 지나지 않았습니다. 그러니 여기서 이만 끝내고자 합니다.

나는 당신을 정말 모릅니다. 그런데 일면식도 없는 당신에게 대담하게 편지를 썼고, 답장이 오기를 매일 간절하게 기다렸습니다. 그 편지가 당신을 얼마나 감동하게 하고, 얼마나 이해시키는지에 관해서는 전혀 관심이 없었습니다. 그러던 차에 당신으로부터 '편지를 보내는 이유가 도대체 뭐냐?'는 질문을 받고 깜짝 놀라지 않을 수 없었습니다.

나는 이제 당신이 누구인지 알 것도 같았습니다.

사물을 개념(槪念, 어떤 사물이나 현상에 대한 일반적인 지식)지을 때 하나로 열을 추리(推理)하는 것이 곧 우리의 버릇입니다. 우리 선배가 그랬고, 오늘 우리와 함께 사는 사람들 역시 그러합니다. 그러니 그 질문을 통해 당신을 떠올리는 것 역시 그리 큰 잘못은 아닐 것입니다.

당신을 정말 본 듯도 합니다. 내가 지금까지 보낸 수많은 편지에 당신은 고작 — 편지를 보낸 저의(底意, 겉으로 드러나지 아니한, 속에 품은 생각)가 뭐냐? — 고 물었을 뿐입니다.

그것이 바로 당신입니다. 이를 통해 나는 당신의 명석함을 알았습니다. 당신은 나로부터 연모(戀慕)라는 말을 듣고 싶었을 뿐만 아니라 거기에 따르는 절대가치(絶對價値)를 행사하고 싶었던 것입니다.

그런 당신의 바람에 나는 나 자신을 바라보았습니다.

우울할 때, 외로울 때, 혹은 슬플 때면 친한 친구에게, 나를 이해해주는 친구에게 편지를 쓰곤 합니다. 혹 그것은 동성(同性)끼리의 거래가 아니냐고 물을 수도 있습니다.

좋습니다. 그렇다면 이런 이야기는 어떨까요?

몸이 아플 때면 돌아가신 어머님이 참으로 그립습니다. 여기에 대해서는 뭐라고 말하시렵니까? 그것은 모자(母子)지간의 천륜이매, 그것과는 확연히 다르다고 하시렵니까?

또 한 가지 좋은 실례(實例)가 있습니다.

우리는 마음이 울적할 때 방실방실 웃는 아이를 보고 자신도 모르게 웃음을 짓곤 합니다. 이것은 과연 어떤 이유일까요?

그러고 보면 우리가 서로 가까워지기 위해 노력하는 것이야말로 참다운 인생의 묘미일지도 모릅니다. 동시에 궁박한(몹시 가난하여 구차한) 생활을 위해 이제 남은 단 하나의 길이 여기에 열려 있음을 알 것도 같습니다. 그것은 마치 우리 머리 위에서 움직이는 복잡한 천체(天體, 우주에 존재하는 물체의 총칭)가 인력(引力)에 견연(牽連, 서로 끌어당기어 관련시킴)되어 원만히 운용되어 갈 수 있는 것과도 같다고 할 수 있습니다. 그렇다면 이 기능(機能)을 실제 발휘하게 하는 것이 언어를 실어 나르는 편지의 사명이라고 할 수 있습니다. 하지만 아무래도 좋습니다. 사실 나는 당신에게 실망을 주지 않기 위해서 연모한다고 했을 뿐입니다. 그런데 그때 갑자기 당신이 눈을 크게 치켜떴고, 이를 본 나 역시 깜짝 놀라고 말았습니다.

한 가지 묻고 싶습니다. 여성은 다른 사람에게 지극히 연모 받고 있음을 느낄 때 그렇게 무작정 올라만 가려고 하나요? 부질없는 탄식이 절로 나옵니다. 하지만 당신 하나로 인해 모든 여성을 그 틀에 규정(規定)지어서는 안 된다고 생각합니다. 이것이 물론 당신에게는 큰 실례가 될 수도 있습니다. 하지만 나는 이렇게 생각해보았습니다.

사람을 쓰다
그리다
그리워하다

―근대식으로 만들어진 하나의 예술품―

왜 하필이면 당신을 예술품에 비유했을까요? 그 이유를 알고 싶습니까? 하지만 그 이유란 것 역시 그리 대단한 것은 아닙니다.

당신에게 편지를 쓰는 이유와 작품을 쓸 때의 이유가 조금도 다름없기 때문입니다. 만일 그때 그 편지를 쓰지 않았더라면 작품을 하나 더 갖게 되었을지도 모릅니다. 무슨 얘기인지 잘 이해되지 않을 수도 있습니다. 그렇다면 이해하기 쉬운 예를 하나 들어 드리겠습니다.

'연애는 예술'이라고 했던 당신의 말을 기억하나요? 당신은 나의 고백을 불순하다고 했을 뿐만 아니라 연애는 연애를 위한 연애로 하되, 행여 다른 조건이 있어서는 절대 안 된다고 하였습니다.

그렇습니다. 그 말이 더 큰 이유가 될지도 모르겠습니다.

당신 말을 듣고 전후 종합해보니, 문득 생각나는 것이 있었습니다. 현재 우리 사회의 일부를 점령하고 있는 예술을 위한 예술이 바로 그것입니다. 이는 실제 없는 일을 내 생각과 상상만으로 꾸민 것은 절대 아닙니다.

그들과 당신은 유복한 환경에서 똑같은 절차를 밟으며 살아왔습니다. 물론 이쪽이 저쪽의 비위를 맞춰가며 기생(寄生) 되어 가는 경우도 없진 않습니다. 그러나 당신은 학교에서 수학을 배웠고, 물리학을 배웠고, 화학을 배웠으며, 생리학을 배웠고, 법학을 배웠고, 그리고 공학과 철학 등 모든 것을 충분히 배운 사람 중 한 명입니다. 다시 말하면 놀라울 만큼 발달한 근대과학의 모든 혜택을 골고루 누린 사람인 것입니다. 그렇다면 당신은 근대과학을 위해서 그 앞에 나아가 친히 예하야(경의를 표하기 위하여 말이나 인사를 함), 참으로 친히 예하야 그 영예를 지키지 않으면 안 될 것입니다. 왜냐하면, 과학이란 그 시대, 그 사회에 있어서 가급적 진리에 가까운 지식을 추출하여 우리의 삶을 편리하게 유도하는 데 그 사명이 있기 때문입니다. 그리고 여기에서 또 하나 생각하지 않을 수 없는 게 있습니다. 근대과학과 우리 생활의 연관성이 바로 그것입니다. 이에 대한 대답으로 몇 가지 예를 들고자 합니다.

과학은 참으로 놀랄 만큼 발달하고 있습니다. 과학자들은 천문대라는 것을 세워놓고, 우리가 눈앞에서 콩알을 고르듯이 천체를 지켜봅니다. 일생을 바쳐 지질학을 연구하기도 합니다. 사람의 얼굴 혹은 콧날을 임의로 늘렸다가 줄이기도 합니다. 두더지처럼 산을 파고 들어가 금을 캐다가 수십 명이 그 안에 없는 듯이 묻히기도 합니다. 물속으로 쫓아가 군함을 깨트리고, 광선으로 사람을 녹이며, 공중에서 뭔가를 뿌리기도 합니다. 이처럼 과학은 놀랄 만큼 발달하였습니다. 그런데 이런 고급 지식이 우리 생활 어디에 도움을 주고 있는지 당신은 알고 있습니까? 굳이 설명하지 않아도 당신은 충분히 알고 계실 겁니다.

하지만 과학자들에게도 불만은 있을 것입니다. 이에 그들에게 불만을 물으면 '취미의 자유'라고 할 것입니다. 아울러 과학에 있어 연구대상은 언제나 그들의 취미 여하에 달려 있다고 할 것이 틀림없습니다. 다시 말해 과학을 위한 과학의 절대성을 말하는 데 있어 그들은 너무도 평범한 태도를 보이는 것입니다.

과학에서 얻은 진리를 이지(理知, 이성과 지혜)권 내에서 감정권 안으

사람을 쓰다
그리다
그리워하다

로 옮기는 것, 그것을 대중에게 전달하는 것이 예술이라면, 우리는 근대 과학에 기초를 둔 소위 근대예술이 무엇인지 금방 알 수 있을 것입니다. 그중 내가 종사하고 있는 문학에 대해서 알아보는 것이 편할 듯싶습니다.

우선, 적잖이 문제가 되고 있는 신심리주의 문학(新心理主義文學, 정통적인 모더니즘의 문학으로부터 종래의 심리주의적 경향의 문학과 신감각파의 작풍을 더욱 심화시켜 내면 정신의 세계를 외면의 세계와 마찬가지로 명확한 세계로 드러냄으로써 더욱 현실에 육박하려고 하는 심리적 사실주의의 방법을 취하는 문학)에 대해서 알아보고자 합니다.

예술의 생명을 잃은 그들에게 가장 중요한 것은 그 형식, 즉 기교(技巧, 문예 및 미술에 있어서 제작 표현상의 수단이나 수완)입니다. 그러나 현재 그들의 기교란 어느 정도 가능성을 보일 뿐입니다.

그들은 치밀한 묘사법으로 인간 심리를 내공(內攻, 병이나 병균이 겉이 아닌 속으로 퍼짐)하여 이내 산사람에게 유령(幽靈)을 만들어놓는 것을 자랑으로 삼습니다. 이 유파의 태두(泰斗, 어떤 분야에서 가장 권위가 있는 사람을 비유적으로 이르는 말)로 일컫는 제임스 조이스(James Joyce, 아일랜드의 소설가이자 시인으로 20세기 문학에 커다란 변혁을 초래한 작가)의 《율리시스》를 한번 읽어보면 충분히 알 수 있을 것입니다. 그에게 새롭다는 존호(尊號)를 붙여 대우하기는 했지만, 자세히 살펴보면 그는 졸라(Emile Zola, 프랑스 소설가)의 부속품에 지나지 않습니다. 졸라의 걸작 《나나》는 우리를 잠들게 했고, 조이스의 대표작 《율리시스》는 우리에게 하품을 연발시키고 있기 때문입니다. 말하자면 그는 졸라와 같은 잘못을 양면에서 범하고 있는 것입니다.

　예술의 목적이 전달에 있는지, 표현에 있는지 적잖이 궁금해 하는 이들이 있습니다. 이는 사람이 먹기 위해서 사는지, 살기 위해서 먹는지 라고 묻는 우문(愚問)과도 같습니다. 표현이란 원래 전달을 전제로 하고 나서야 비로소 그 생명을 갖기 때문입니다. 다시 말하면 결과에 있어 전달을 예상하고 계략(計略, 계책과 모략)하여 가는 과정을 표현이라고 할 수 있습니다.

　오늘날 문학 표현이 얼마나 오용(誤用, 잘못 사용됨)되고 있는지 아십니까? 이는 주문 명세서나 심리학 강의, 좀 더 대접하자면 육법전서(六法全書)의 조문해석과 같은 지루한 문자만으로도 충분히 알 수 있습니다.

　예술이란 자연의 복사도 아니거니와, 자연의 복사란 것 또한 그리 쉽사리 이루어지는 게 아닙니다. 아무리 화소 높은 카메라라도 자연을 완벽하게 담을 수 없거늘, 하물며 문자만으로 인간을 복사한다는 것은 심한 농담에 지나지 않습니다. 더 심악(甚惡, 몹시 나쁜)한 건 예술을 위한 예술을 표방한다면서 함부로 내닫는 작가입니다.

　그들은 고작 중학생 수준의 일기 같은 작문을 써 놓고 예술지상주의라는 핑계로 미봉(彌縫, 빈 구석이나 잘못된 것을 임시변통으로 이리저리 주선해서 꾸며댐)하려고 들 것입니다. 하지만 이는 실로 웃기지도 않은 일입니다.

　그들은 묘사의 대상 여하는 물론 수법의 방식 여하, 나아가 치밀한 기록일수록 더욱 문학적 가치가 있다고 생각합니다. 하지만 이는 착각에 지나지 않습니다. 그 자신이 예술가가 아님을 말하는 것과도 같기 때문입니다. 마치 연애를 하는 데 있어 사랑은 둘째 치고 자신이 완전한 사람이 아니라고 고백하는 것과 같기 때문입니다.

당신이 화려한 화장과 고급스러운 교양을 다른 사람에게 자랑할 때 그들은 자신의 작품이 얼마나 예술적인지, 다시 말하면 인류생활과 얼마나 거리가 먼지 다른 사람에게 자랑하고 있는 것입니다. 그 결과, 애매한 콧날을 잡아 늘이기도 하고, 사람 대신 기계가 작품을 쓰기도 하는 것입니다. 그러므로 예술가적 열정이 적으면 적을수록 좀 더 높은 가치의 예술미를 갖게 되는 것입니다.

예술가에게는 예술가다운 감흥이 있고, 그 감흥은 표현을 목적으로 합니다. 또 거기에는 설레는 열정이 따르기 마련입니다. 나아가 열정이 강하면 강할수록 전달 방법 역시 완숙해지는 법입니다.

예술이란 그 전달 정도와 범위에 따라 그 가치가 평가되어야 합니다. 기계에는 절대 예술이 깃들 수 없습니다. 그러니 예술가란 학교에서 공식적으로 두드려서 만들 수 없다는 말은 이를 두고 하는 말일 것입니다.

그들은 모든 구실(口實, 핑계 삼을 만한 재료)이 다했을 때 마지막으로 '새롭다'는 문자를 번쩍 들고 나옵니다. 그러나 그 의미가 무엇인지, 그들의 설명만으로는 도저히 이해할 수 없습니다. 또 새롭다는 문자는 시간과 공간의 전환에만 그칠 것이 아니라 인류사회 전체에 적극적인 역할을 가져오는데 그 의미를 두어야 합니다. 그런 점에서 조이스의《율리시스》보다 봉건시대의 소산인《홍길동전》이 훨씬 더 뛰어난 예술적 가치를 지니고 있다고 할수 있습니다.

　이제 당신은 오늘의 예술이 과연 무엇인지 대충 이해했을 것입니다. 그러므로 당신의 연애는 예술이니, 연애는 결코 불순하지 않되, 연애를 위한 연애를 하라는 말 역시 어디에 근거를 두고 나온 말인지 대충 알았으리라 생각합니다. 더불어 근대예술은 기계의 소산이며, 당신이라는 사람 역시 기계로 만들어진 한 덩어리의 고기에 지나지 않음을 충분히 알았으리라고 생각합니다.

　―근대식으로 제작된 한 덩어리의 예술품―

　이제 내가 당신을 이렇게나마 부른 이유가 당신을 존중했기 때문이란 걸 어느 정도 알았을 것입니다.

　얼핏, 당신은 행복해 보이지만 참으로 불행한 사람 중 한 명입니다.

　자신의 불행을 모른 채 속없이 쥐어짜는 사람을 보는 것만큼 딱한 일도 없습니다. 육도풍월(肉桃風月, 글자를 잘못 써서 이해하기 어려운 한시를 이르는 말)에 날 새는 줄 모르는 사람들과 마찬가지로 요지경(瑤池鏡, 알쏭달쏭하고 묘한 세상일을 비유적으로 이르는 말) 바람에 해지는 줄 모르기 때문입니다.

　당신에게는 생명이 전혀 없습니다. 그 몸에서 화장을 지우고, 옷과 장신구를 벗으면 남는 것은 벌건, 다만 벌건, 그러나 먹을 수 없는 한 육괴(肉塊, 덩어리로 된 짐승의 고기)에 불과합니다. 그러나 재삼 숙고(熟考)해볼 때 당신은 슬퍼할 이유가 전혀 없습니다. 왜냐하면, 당신이 완전한 사람이 되고 못되고는 당신의 노력 여하에 달려 있기 때문입니다.

사람을 쓰다
그리다
그리워하다

오늘은 완전히 어지러운 난장판입니다. 그러나 불행 중 다행이랄까. 한쪽에서는 참다운 인생을 탐구하기 위해 자신을 희생하는 고결하고 아름다운 일이 계속해서 일어나고 있습니다. 이에 우리가 가장 먼저 해야 할 일은 우리 머릿속에 자리한 선입관을 없애는 것입니다. 그러고 나서 새로이 눈을 떠, 새로운 방법으로 사물을 대하여야 합니다. 하지만 그 새로운 방법이란 것이 무엇인지 나 역시 확실히 알지 못합니다. 다만, 사랑에서 출발한 그 무엇이라는 막연한 개념이 있을 뿐입니다.

사랑이라고 하면 우리는 부질없이 예수를 떠올리거나 석가여래(釋迦如來)를 들춰내곤 합니다. 하지만 그것은 사랑의 일부 발현은 될지언정 사랑에 대한 설명은 될 수 없습니다. 그 사랑이 무엇인지 우리는 전혀 알 수 없습니다. 우리가 본 것은 결국 그 일부에 지나지 않기 때문입니다. 다만, 한 가지 알 수 있는 것은 어느 시대, 어느 사회에서건 좀 더 많은 대중을 한 끈에 꿸 수 있으면 있을수록 사랑은 좀 더 위대한 생명력을 갖는다는 것입니다.

오늘 우리의 최고 이상은 그 위대한 사랑에 있습니다. 한동안 그렇게도 소란을 피웠던 개인주의는 니체의 초인설(超人說, 초인은 인류의 지배자이므로 모든 사람은 그에게 복종해야 한다는 사상) 및 맬서스(Malthus, 영국의 경제학자)의 인구론(人口論, 어느 시점부터는 기하급수적으로 늘어나는 인구로 인해 인구수가 식량의 양을 초과해 식량이 부족해진다는 이론)과 더불어 곧 사멸될 날이 올 것입니다. 그런 점에서 지금은 크로포트킨(Pjotr Alekseevich Kropotkin, 러시아의 혁명가)의 상호부조론(相

互扶助論, 사회 진화의 근본적인 동력이 개인들 사이의 자발적인 협동 관계에 있다고 주장하는 이론)이나 마르크스의 자본론이 훨씬 더 새로운 운명을 띠고 있다고 할 수 있습니다. 다시 말하면, 나는 여자에게 염서(艶書, 사랑하는 사람에게 연모의 정을 써 보내는 편지) 아닌 엽서를 쓸 수 있고, 당신은 응당 그 편지를 받을 권리가 있습니다.

내 머리에는 천품(天稟, 타고난 기품)으로 뿌리 깊은 고질(痼疾, 오래되어 굳어 버린 나쁜 버릇이나 병폐)이 박혀 있습니다. 그것은 사람을 대할 때마다 우울해지는, 그래서 사람을 피하려고 하는 염인증에 다름 아닙니다. 이를 고쳐 보고자 팔을 걷고 나선 것이 현재 나의 생활입니다.

허황된 금점(金店, 금을 캐는 광산)에서 문학으로 길을 바꾼 것 역시 그것 때문입니다. 내가 문학을 하는 이유는 밥 먹고, 산책하는 것과도 같습니다. 즉, 내게 있어 문학은 하나의 생활입니다.

이제 당신에게 편지를 쓰지 않았다면 몇 편의 작품이나마 더 생겼으리라는 내 말이 뭔지 충분히 아셨을 것으로 생각합니다. 그렇다고 해서 당신을 업신여긴 기억은 없습니다. 만일 그렇게 생각하신다면 그건 당신을 위해서도 슬픈 일임이 틀림없습니다.

위대한 사랑을 알지 못하면 오늘의 예술이 바로 길을 들 수 없고, 당신역시 완전한 사랑을 알 수 없습니다. 그렇다면 위대한 사랑이란 과연 무엇일까요? 중요한 것은 그것을 바로 찾느냐 찾지 못하느냐에 따라 우리전 인류의 여망(餘望, 남아 있는 희망)이 달려있다는 것입니다.

-1937년《조광》3월호

사랑을 쓰다
그리다
그리워하다

장덕조 씨에게

이효석 | **소설가 장덕조에게 보낸 편지**

 생면부지의 선생께 자꾸만 편지를 쓰라고 조르시는 것이나, 무슨 말을 썼으면 좋을지 몰라 망설이고만 있었습니다.

 선생을 만난 적도 없거니와 게으른 탓으로 선생의 작품도 읽은 적이 없는 제가 대체 무슨 말을 써야 옳겠습니까? 지금 제 머릿속에 떠오르는 것은 작은 잡지에서 늘 뵈옵는 선생의 사진뿐입니다. 그 사진의 존영(尊影, 남의 사진이나 화상 따위를 높여 이르는 말)을 안표로 하고 편지를 쓰게 되는 불행과 무례를 또 한 번 생각해 봅니다.

 부드럽고 다정한 용모이시오니, 품격도 온화하실 것이며, 따라서 가정에서도 평화로운 재미를 보시고, 쓰시는 소설도 원만하고 맑은 것이리라고 살펴집니다.

 사진처럼 사람을 속이는 것은 없습니다만, 저의 이런 추측이 들어맞기를 바라오며, 그 점에서 선생께 일종의 편안한 감정이라고 할까 한 것을 느끼는 것도 사실입니다.

다른 여류작가분들은 대강 만나고 뵙고 인사도 했습니다만 선생을 못 뵌 것이 한이라면 한입니다. 그러나 상상만으로 아름다운 세상을 멋대로 꾸며 보는 편이 즐거운 때도 있는 것이오니, 그런 생각으로 저의 불찰을 감추려는 것은 억지일까요?

어떻든 앞으로 선생을 뵙게 되리라는 예측이 지금은 하나의 기쁨이며 뵌 후에는 더 훌륭한 편지도 쓸 수 있으리라 믿습니다.

오늘은 대단히 무례하고 쓸데없는 말을 썼사오나 관대하게 용서하시기 바라오며, 늘 안녕하시고, 아울러 건필(健筆, 문장이나 시 따위를 의욕적으로 씀. 또는 그런 사람)을 휘두르시기를 빕니다.

총총, 이만 그칩니다.

1933년 4월 24일

—이효석 배(拜)

* 장덕조

이태준의 추천으로 작품 활동을 시작하였다. 단편 120여 편, 장편 90여 편을 발표하여 한국 문단사의 다작 작가로 평가되고 있으며, 여성 작가 중 역사 소설을 가장 많이 쓴 것으로 알려져 있다.

사랑을 쓰다
그리다
그리워하다

편지 쓰는 요령
-계용묵

    보통의 문장은 어떤 특정한 대상 없이 모든 사람을 대상으로 쓰기 때문에 요모조모 재어 가며 신경 써야 할 일이 없다. 하지만 편지글은 다르다. 상대가 분명하기 때문에 지위나 친불친(親不親, 친한 것과 친하지 않은 것을 아울러 이르는 말)을 따져야 하고, 남녀 간의 성별 역시 구별해야 하는 제약이 있다. 그러다 보니 상대의 얼굴이 빤히 들여다보여서 짐짓 붓끝이 무겁게 되는 것이 사실이다.

    편지란, 원래 만나서 해야 할 이야기를 거리의 원격이라든가 그 밖의 특수한 사정으로 인해 부득이하게 종이에 이야기를 적어서 그 의사를 전달하는 것이다. 그 때문에 상대를 만나서 이야기하는 것과 조금도 다름 없이 몸짓·손짓·표정까지도 완전하게 전달해야만 한다.

윗사람에게 쓰는 편지

    가령, 그 상대가 윗사람일 경우 외투를 벗고 정중히 대좌하듯 편지에서도 외투를 벗는 것과 같은 예의를 잃지 않아야 한다. 또 그 상대가 친한 친구라면 악수에서부터 느낄 수 있는 친밀한 감정이 편지에도 나타나야 한다. 윗사람이니 곱게 보일수록 이롭지 않을까 해서 정도가 지나치게 존경을 한다든가 마음에도 없는 아부를 해서 환심을 사려고 해도 안 될 것이요, 친한 친구니 아무렇게나 말을 해도 괜찮으리라는 생각에 수하 자(手下者, 손아랫사람)에게 말하듯 예를 잃어서도 안 된다.

사람이란, 자기가 받을 대접보다 그것이 소홀해도 감정이 좋지 않고 지나쳐도 좋지 않은 감정을 갖게 되는 법이다. 그러므로 그 상대가 누구이건 간에 예의를 잃지 않아야 하며, 조금도 거짓 없는 진심이 담겨야만 한다.

친구에게 쓰는 편지

편지를 소홀히 하였다가 도리어 그것을 하지 않은 것만 못한 역효과를 가져오게 되는 일이 적지 않다. 내 경우만 하더라도 편지 때문에 어떤 친구로부터 시비를 톡톡히 받은 일이 있다. 그 친구는 필자와 사이가 그리 멀다고만 볼 수 없었다. 그런데 하도 여러 달 동안 만나지 못해서 궁금한 나머지 편지를 한 장 띄웠는데, 편지 허두(虛頭, 글이나 말의 첫 머리)를 "네가 찾지 않으니 만날 수가 없구려."로 시작했던 것이 말썽이었다.

"저는 나를 찾아서는 안 되고, 내가 꼭 저를 찾아야 하는 것인가. 건방 진 자식!"

필자를 향해 욕설에 가까운 감정을 퍼붓더라고 제삼자가 전했다.

나는 너무도 의외의 말에 깜짝 놀라고 말았다. 그리고 이를 계기로 친구 사이에도 편지를 쓸 때는 그에 맞는 예의를 반드시 잃지 않고 조심해야겠다고 마음먹었다.

　이렇듯 편지란, 자칫하면 상대의 감정을 해치게 된다. 그 결과, 사교에 적지 않은 영향을 미친다. 따라서 편지를 쓸 때는 그 지위 여하에 따라 그에 상응한 예의를 잃지 않도록 세심한 주의를 기울여야 한다.

　말했다시피, 편지는 만나서 할 이야기를 글로 전달하는 것이다. 그러므로 편지에는 그 상대를 만난 것처럼 처음 인사가 있어야 마땅할 것이요, 그러고 나서 해야 할 이야기를 해야 한다. 또한 이야기가 끝나면 작별 인사를 해야 하는 것이 예의다.

　한 친구가 필자에게 보낸 편지를 실례로 들어 보겠다.

　안녕하신 줄 믿습니다.

　이력서는 받았는데 양잠과라고 해서 이학부장(理學部長)이 좀 꺼리는군요. 될 수 있는 대로 고려하라고 말은 하고 있습니다. 그런데, 형에게 하나 부탁할 것은 그때《신문학 사조사》를 내실 때 찍은《청춘》등의 표지 사진과 형이 갖고 계신 것을 며칠 동안만 좀 빌렸으면 합니다. 쓰고 나서 곧 반환하겠습니다. 부탁합니다.

　한번 만납시다.

2월 10일 백철

계용묵 형전

상대에게 호감을 느끼게 하는 수식어나 그 밖의 필요하지 않은 말은 한마디도 없고, 안녕하신 줄 믿는다는 인사와 한번 만나자는 인사 한마디씩으로 요건만 간결하게 이야기한 편지다. 그러면서도 문면(文面, 문장이나 편지에 나타난 대강의 내용)이 조금도 예의를 잃지 않고 있다. 나아가 그에 상응한 높임말로 대했을 뿐만 아니라 요건을 말하는 문면 또한 다정한 맛을 풍긴다. 더욱이 이 편지가 다방의 전언판(傳言板, 사람을 직접 만나지 못하였을 때 그곳에 올 것을 예상하고 간단히 전언을 기록하여 놓을 수 있도록 마련한 판. 다방의 메모판 따위)에 꽂혀 있던 것임을 고려하면 다방에 앉아서 잠깐 쓴 편지치고 얼마나 정중하게 친구를 대하려고 했는지 알 수 있다.

이렇듯 편지란 수식도, 군말도 필 없이 오직 예의를 갖춰 할 이야기만을 간결하고 명료하게 하여 받는 사람의 머리를 복잡하게 하지 않고, 한번에 그 사실을 명확히 파악할 수 있도록 하는 것이 제일급(第一級, 최고)이라고 할 것이다. 한편, 편지에는 그 내용에서만 예의를 갖춰야 하는 것이 아니고, 겉봉 역시 예의를 갖춰야 한다. 상대의 지위와 친소(親疎) 관계, 혹은 남녀 간의 성별에 따라 써야 하는 경칭이 바로 그것이다.

반드시 알아야 할 존칭

윗사람이라도 보통으로 대하는 윗사람과 은사(恩師, 스승), 혹은 부모가 있고, 친구 중에도 보통으로 사귀는 친구와 절친한 친구가 있다. 또 여성 중에는 미혼과 기혼이 있는데, 그에 따라 경칭 역시 달라야 한다. 나아가 그것이 지나치거나 부족하지 않고 그에 상부(相符, 서로 들어맞음) 하는 것이어야 함은 물론이다.

윗사람에게는 일반적으로 '씨(氏)'를 붙이는데, 해방 후 일본식의 보통 존칭 '양(樣)' 대신 우리말을 쓴다고 '씨'를 쓰게 되어 그것이 '양'과 같이 일반화되었다. 이에 아랫사람을 부를 때도 이름 없이 성 뒤에 '씨' 자를 붙여 '이 씨' 혹은 '김 씨'라고 부르게 되었다. 급이 좀 낮아진 감이 있긴 하지만, 그 본래 뜻은 그런 것이 아니니 '씨(氏)'나 '귀하(貴下)'를 쓴다고 해서 실례될 것은 없다.

요즘은 좀 더 높은 존칭인 '선생'을 주로 쓴다. 그러나 사무적인 편지에 이르면 상하, 남녀의 성별을 불문하고 그저 무난하게 '선생'으로 쓰는 경향이 있어 이 또한 급이 떨어지므로 좀 더 대접해야 될 상대에게는 '선생'에다 '님'을 붙여 석교(石橋) 돌다리 식으로 이중의 존칭을 겹쳐 놓은 기현상이 생겼다. 그 결과, '선생' 두 자만 받고 '님'을 겹쳐서 못 받게 되면 홀대를 받은 것 같아서 불쾌한 감정을 갖는 사람이 없지 않아 있는 것이 사실이니, 이래저래 편지 쓰기도 참 힘든 세상이다.

'존전(尊前)', '존좌(尊座)'를 선생에다 받쳐 쓰든가 그대로 써도 좋다. 특히 이런 존칭은 극진히 대해야 할 윗사람이나 은사에게 사용하는 것이 좋다.

부모에게 편지를 할 경우

예로부터 부모의 이름을 쓰는 것조차도 예가 아니라고 했다. 그래서 아버지나 어머니에게 편지할 때는 이름을 쓰지 않고 자신의 이름을 쓴후 그 아래 본제입납(本第入納, 자기가 자기 집에 편지를 부칠 때 겉봉에 쓰는 말)이라고 써서 보내는 가장 예의를 갖춘 표현이었다. 존전이나 좌하(座下)를 써도 좋다. 그러나 부모가 집에 있지 않고 객지에 있을 때는 직성명(直姓名, 직위와 이름)을 밝히지 않을 도리가 없다.

여자 친구에 대한 호칭

친구 사이에는 친소를 불문하고 형(兄), 대형(大兄), 인형(仁兄), 아형(雅兄) 등을 써도 좋다. 또 문우(文友) 사이라면 학형(學兄)이 적합하다.

여성에 있어서 미혼이면 양(孃)을 흔히 쓰지만, 대학을 나온 사람이라면 아무리 미혼이라고 하더라도 그저 이름을 부를 때와 달리 여사(女士)로 쓰는 것이 좋지 않을까 한다. 기혼이라면 여사(女史)로 쓰이는 것이 무난하고 윗사람이라면 역시 '존전' 등의 존칭을 사용해야 한다. 하지만 여성이라고 해서 굳이 여(女)자를 써서 여사(女士)니, 여사(女史)라고 할 필요는 없으므로 남성과 같은 칭호를 쓰는 것이 좋지 않을까 한다. 하지만 미혼과 기혼의 구별만은 분명히 하여 사(士)와 사(史)를 잘못 사용하지 않도록 유의해야 한다.

끝으로, 겉봉 글씨의 상대방 이름 석 자는 해서(楷書)로 쓰며, 성은 이름과 붙여 쓰지 말고 한 자 떼서 쓰는 것이 좋다. 존경의 의미를 담고 있기 때문이다.

이광수

한국 근대 정신사 전개과정에서 중요한 역할을 했으며, 최초의 근대 장편소설 《무정》을 썼다. 1919년 '2·8독립선언서'를 기초하고 상하이로 탈출, 임시정부 기관지인 《독립신문》의 주간으로 활동했지만 친일 행위로 인해 그 빛이 바래고 말았다. 주요 작품으로 〈흙〉, 〈유정〉, 〈단종애사〉 등이 있다.

김동인

간결하고 현대적 문체로 문장 혁신에 공헌한 소설가. 최초의 문학동인지 《창조》를 발간하였다. 사실주의적 수법을 사용하였고, 예술지상주의를 표방하며 순수문학 운동을 벌였다. 주요 작품으로 〈배따라기〉, 〈감자〉, 〈광염 소나타〉 등이 있다.

김남천

카프 해소파의 주도적 역할을 하였고 사회주의 리얼리즘 논쟁에 대해서 러시아의 현실과는 다른 한국의 특수상황에 대한 고찰을 꾀해 모럴론·고발문학론·관찰문학론 및 발자크 문학연구에까지 이르는 일련의 '리얼리즘론'을 전개하였다. 대표작으로 장편 〈대하〉, 중편 〈맥〉 등이 있다.

이 상

현대 문학을 논할 때 결코 빼놓을 수 없는 시인이자, 소설가, 수필가, 모더니즘 운동의 기수. 건축가로 일하면서 수많은 작품을 발표하였으며, 전위적이고 해체적인 글쓰기로 한국 모더니즘 문학사를 개척하였다. 주요 작품으로 소설 〈날개〉를 비롯해 시 〈거울〉, 〈오감도〉 등 수많은 작품이 있다.

박용철

잡지 《시문학》을 창간한 시인. 대표작으로 〈떠나가는 배〉, 〈밤 기차에 그대를 보내고〉 등이 있으며, 다수의 시와 희곡을 번역하였다. 비평가로서 활약하기도 하였다. 계급문학의 이데올로기와 모더니즘의 경박한 기교에 반발하며 문학의 순수성 추구를 표방했다.

박인환

1946년 시 〈거리〉를 《국제신보》에 발표하며 창작 활동을 시작했다. 암울한 시대의 절망과 실존적 허무를 피에로의 몸짓으로 대변하며, 모더니즘과 리얼리즘, 실존주의의 시세계를 구축했다. 주요 작품으로는 〈세월이 가면〉, 〈목마와 숙녀〉 등이 있다.

김유정

1935년 소설 〈소낙비〉가 《조선일보》 신춘문예에, 〈노다지〉가 《중외일보》에 각각 당선됨으로써 문단에 데뷔하였다. 〈봄봄〉, 〈금 따는 콩밭〉, 〈동백꽃〉, 〈따라지〉 등의 소설을 내놓았고, 29세로 요절할 때까지 30편에 가까운 작품을 발표했다.

김영랑

〈모란이 피기까지는〉의 시인. 잘 다듬어진 언어로 섬세하고 영롱한 서정을 노래하며 정지용의 감각적인 기교, 김기림의 주지주의적 경향과는 달리 순수서정시의 새로운 경지를 개척하였다. 1935년 첫번째 시집 《영랑시집》을 발표하였다.

이효석

근대 한국 순수문학을 대표하는 소설가. 한국 단편문학의 전형적인 수작이라고 할 수 있는 〈메밀꽃 필 무렵〉을 썼다. 장편 〈화분〉 등을 통해 성(性) 본능과 개방을 추구한 새로운 작품경향으로 주목받았다.

노자영

《백조》 창간 동인으로서 작품활동을 시작하였고, 잡지 《신인문학》을 창간해 후진 양성에도 힘썼다. 특히 시와 수필에 있어서 소녀적인 센티멘털리즘으로 일관하여 자신의 시에 '수필시'라는 특이한 명칭을 붙이기도 하였다. 주요 작품으로 시집 《처녀의 화환》을 비롯해 서간집 《나의 화환》 등이 있다.

이육사

일제 강점기에 끝까지 민족의 양심을 지키며 죽음으로써 일제에 항거한 시인. 1927년 조선은행 대구지점 폭파사건에 연루되어 3년간 옥고를 치렀다. 그때의 수인번호 264를 따서 호를 '육사'라고 지었다. 〈청포도〉, 〈교목〉과 같은 작품들을 통해 목가적이면서도 웅혼한 필치로 민족의 의지를 노래했다.

노천명

이화여전 재학 중 시 〈밤의 찬미〉, 〈포구의 밤〉 등을 발표하였고, 그 후 〈눈 오는 밤〉, 〈사슴처럼〉, 〈망향〉 등 주로 애틋한 향수를 노래한 시를 발표하였다. 널리 애송된 대표작 〈사슴〉으로 인해 '사슴의 시인'으로 불리고 있다.

윤기정

1922년 9월에 결성된 염군사에서 활동하였으며 1924년 서울청년회에 소속되어 최승일, 송영, 박영희 등과 더불어 염군사와 파스큘라를 단일조직으로 만들기 위해서 노력하였다. 1925년 조선 프로예맹의 서기국장과 중앙위원을 역임하였고 1927년 카프의 아나키스트와의 논쟁에 참여하였다.

계용묵

단편 〈상환〉을 《조선문단》에 발표하면서 문단에 등장했다. 〈최서방〉, 〈인두지주〉 등 현실적이고 경향적인 작품을 발표했으나 이후 약 10여 년 간 절필하였다. 《조선문단》에 인간의 애욕과 물욕을 그린 〈백치 아다다〉를 발표하면서부터 순수문학을 지향하는 일관된 작품 경향을 유지했다.

강경애

1931년 잡지 《혜성》에 장편소설 〈어머니와 딸〉을 발표하면서 문단에 등장하였다. 사회의식을 강조한 작품을 다수 발표하였다. 특히 1934년 《동아일보》에 연재한 〈인간문제〉는 노동자 현실을 예리하게 파헤친 작품으로, 근대 소설사에서 빼놓을 수 없는 작품으로 평가받고 있다.

사랑을 쓰다
그 리 다
그 리 워 하 다

초판 1쇄 인쇄 2016년 11월 7일
초판 1쇄 발행 2016년 11월 14일

지은이 이상, 이광수, 김동인 외
발행인 임채성
디자인 산타클로스

펴낸곳 도서출판 루이앤휴잇
주 소 서울시 양천구 목동 923-14 드림타워 제10층 1010호
전 화 070-4121-6304　　　**팩 스** 02)332-6306
메 일 pacemaker386@gmail.com
카 페 http://cafe.naver.com/lewuinhewit
블로그 http://blog.naver.com/asra21, http://blog.daum.net/newcs

출판등록 2011년 8월 30일(신고번호 제313-2011-244호)

종이책 ISBN 979-11-86273-19-7　　03810
전자책 ISBN 979-11-86273-20-3　　05810

이 도서의 국립중앙도서관 출판시도서목록(CIP)은 서지정보유통지원시스템 홈페이지
(http://seoji.nl.go.kr)와 국가자료공동목록시스템(http://www.nl.go.kr/kolisnet)에서 이용
하실 수 있습니다. (CIP제어번호: CIP2016024240)